EVA FURNARI
PEDRO BANDEIRA
RUTH ROCHA
WALCYR CARRASCO

4 VIDAS ENTRE LINHAS E TRAÇOS

São Paulo, 1ª edição
2018

SUMÁRIO

05 APRESENTAÇÃO

20 EVA FURNARI

46 PEDRO BANDEIRA

68 RUTH ROCHA

82 WALCYR CARRASCO

APRESENTAÇÃO

MARISA LAJOLO

▶ São quatro autores as personagens deste livro.

Grandes autores, grandes personagens.

Entre as linhas e os traços de Eva Furnari, Pedro Bandeira, Ruth Rocha e Walcyr Carrasco, todos nós – leitores – já vivemos grandes momentos. Momentos inesquecíveis, até. Pois as boas histórias deixam rastros pelo resto da vida em quem as lê.

Quem de nós não conhece um dos *Drufs*? E quem não se afligiu, no começo da história da Feiurinha, ao saber que as princesas e o escritor não se lembravam da história dela? E quem é que não conheceu, ou conhece, *reizinhos mandões* e outros *que não sabiam de nada*? Ou quem é que nunca sofreu ou testemunhou preconceitos como os vividos pelo Sérgio, de *Irmão negro*?

Uns mais, outros menos, mas todos nós...

Talvez a magia da literatura resida na capacidade de certos textos de nos tirarem de nossa vida, de nos mergulharem em vidas alheias e depois nos trazerem de volta à nossa, modificados.

Nos trazerem de volta, mais sensíveis e mais sábios.

E não será justamente por isso – pelo seu poder de nos tocar e de aprendermos com elas – que histórias vêm acompanhando a humanidade desde sempre?

Na voz dos cantadores, nos traços gravados em placas de argila, em imagens esculpidas em pedras de cavernas e de templos, em rolos de pergaminhos, a humanidade vem registrando suas/nossas histórias. Histórias de deuses, de mulheres, de homens, de bichos e de plantas. Plantas, bichos, homens, mulheres e deuses que participam de ações e que saem delas modificados. Das histórias da criação do mundo às aventuras de Ulisses pelos mares, dos grandes (felizes ou infelizes) amores dos romances às violentas lutas entre rivais – tudo são histórias.

E também História, penso...

Neste livro, Eva, Pedro, Ruth e Walcyr, contadores de histórias por linhas e traços, nos contam um pouco de sua própria história. Lê-los aqui é como visitar os bastidores da oficina onde se tecem os fios e as malhas de tantas histórias que nos envolveram, nas quais mergulhamos e que – porque mergulhamos nelas – ficaram um pouco nossas também...

Penso que não há quem goste de histórias que não se interesse pelos criadores delas. Leitores interessam-se e muito!

Em eventos de que participam escritores, entre as perguntas do público, há uma muito repetida: *como é que você escreve suas histórias?* ou: *de onde é que você tira suas ideias?*

Nas histórias que Eva, Pedro, Ruth e Walcyr aqui nos contam, algumas pistas de respostas. E talvez de outras tantas perguntas.

Pois nós, leitores, não estamos sempre perguntando?
E nossas quatro personagens não são grandes ficcionistas?
Pois é! Veja lá...

▶ Começo pelo que Eva Furnari chama de sua *Não autobiografia*. O texto já se abre informando aos leitores que em suas linhas e entrelinhas entraremos nos *bastidores da criação*. E que, a partir deles, seremos apresentados a *outras Evas Furnari*.

Com isso, já afiamos os olhos para o que se seguirá. A fala de artista promete nos levar a um passeio por sua galeria! Sua *Não biografia* familiariza seus leitores com aspectos fascinantes, mas talvez pouco conhecidos do que ela cria em diferentes linguagens. Uma artista bilíngue? No seu caso, artista plástica e escritora.

Em sua galeria, encontramos *desenhos espontaneamente criados* e outros criados a partir de uma história, concebidos como *ilustração*. Próprias ou alheias, histórias a serem ilustradas – pela sua natureza verbal – talvez venham a constituir limites para a criação em outras linguagens. No caso da ilustração, a linguagem visual.

Nessa pluralidade de linguagens, o comentário de Eva sobre a importância da correspondência com seus leitores infantis é muito sugestivo. Nos desenhos que eles lhe mandam, *verdadeiros* e *espontâneos*, é como se eles *conseguissem realizar aquilo que* [ela] *tanto buscava* (p. 35). Penso que Eva expressa aqui, com grande felicidade, a riqueza da parceria *autor/leitor*.

No entrelaçamento harmonioso de escrita e desenho, ela se torna precursora de gêneros extremamente modernos – *transmídia* chamados –, que acoplam diferentes mídias/suportes/linguagens. E – generalizando – talvez se possa dizer que, nessa perspectiva, a literatura infantil foi onde esta transmidialidade primeiro se manifestou, ao tornar linguagem verbal e linguagem visual parceiras para a construção dos significados que o leitor constrói.

Delícia para nós, seus leitores!

> **Aprendemos com Eva que não se corrige desenho, que não se *passa a limpo: a alma da personagem ficava no rascunho*, pois o redesenho será *outra imagem*, pois, como ela diz, [...] *na hora de passar a limpo eu não estou mais conectada com as bruxas ou fadas da história* (p. 34).**

Neste passeio por sua oficina de criação, Eva nos familiariza com a complexidade dos processos de *criação* daquilo que nós – leitores – encontramos apenas como *produto final* nas páginas de um livro impresso.

Sua história nos faz entender as tão ricas relações entre o processo de criação verbal e de criação visual. Em ambas trata-se de *um processo de constante aprendizado, feito de passos cotidianos, disciplina e dedicação* em que ocorrem *alguns momentos de pequenas e grandes iluminações* (p. 40).

Com Eva, entramos nos bastidores da criação do produto artesanal que, depois, encontramos industrialmente reproduzido em livros. Talvez lendo um livro não nos demos conta de que *desenho* é uma linguagem, *pintura* outra e o *texto verbal* outra ainda. Nos comentários à forma pela qual superou a incompatibilidade – em certos tipos de papel – entre o favorecimento do desenho e o favorecimento da pintura, encontramos a artista capaz de *inventar truques* para tornar os instrumentos de sua criação – papel/lápis e tintas – dóceis à expressão da artista.

Se na abertura Eva chama este texto de *Não autobiografia*, mais adiante rebatiza-o de *pequeno-grande drama técnico-criativo* (p. 38).

Não será aqui – nesta metalinguagem de seu próprio texto – que o leitor deste livro reencontra a sensível e bem-humorada autora de bruxinhas?

Penso que sim.

Se a história de Eva Furnari começa em Roma, a de Pedro Bandeira começa em Santos, onde ele nasceu e viveu até seu tempo de universidade, quando se mudou para São Paulo.

Sua iniciação no mundo da escrita é contada aqui de forma extremamente original. Nós, leitores, esperamos – e com razão – que a memória/biografia de um escritor fale de livros. Mas aqui é o contrário: *um livro é que fala de um escritor* !

Este *livro-narrador* mora na casa do biografado, que ele chama – com efeitos de sentido divertidos e afetuosos –, de *meu menino*. E o que nos conta este livro tagarela sobre *seu menino*?

Conta, por exemplo, o protagonismo da figura materna na formação do leitor-escritor Pedro Bandeira. Foi no colo de dona Hilda, viúva jovem, através das histórias que ela lia e contava, que começa a história do escritor Pedro Bandeira.

> Um dos pontos altos da história do *menino do livro* é seu envolvimento com as histórias que ouvia. Será que não somos iguaizinhos a ele, que *tremia de medo da bruxa que perseguia a Branca de Neve e de um lobo muito mau que, de acordo com a ocasião, atormentava porquinhos, carneirinhos, cabritinhos ou meninas de capinhas vermelhas?* (p. 50)

Penso que sim! Este apagamento – ainda que temporário? – de fronteiras entre o real e a ficção é vivido por praticamente todo bom leitor.

Na história de Pedro Bandeira, o envolvimento parece que vai se modificando ao longo dos diferentes tipos de leitura que o acompanham. Mas acontece sempre. Foi no colo de sua mãe, mas foi também no espelho de um velho guarda-roupa abandonado num porão. Nele, Roy Roger, Tim Holt e Hopalong Cassigy saíam dos quadrinhos e se transformavam naquele menino magrela que disparava tiros imaginários e – claro! – vencia sempre.

O amor pelos quadrinhos era compartilhado com os colegas de escola. Nos recreios e intervalos, rolavam acirradas disputas apostando quem sabia *qual o nome do cavalo de Roy Rogers? [...] e do cachorro do Fantasma?* (p. 56) E Pedro sempre sabia, como todos nós sabemos como é o nome do menorzinho dos Karas... não sabemos?

Dona Hilda dava incondicional apoio à leitura do filho. Qualquer leitura. Contrastando com esta liberdade, a avó do menino se insurgia: *só poderia mesmo ter sido o demônio o inventor dos livros, dos gibis e do cinema* (p. 53). *Os gibis seriam as escolas onde se formavam prostitutas e gângsteres* (p. 54).

Puro preconceito, não é mesmo?

A partir do encontro de *Reinações de Narizinho*, o mundo da leitura de Pedro Bandeira mudou: *foi paixão à primeira vista! Pela menina e pelo seu criador, que passou a ser o centro das atenções dele dali em diante* (p. 58). O sítio do Picapau Amarelo foi o trampolim pelo qual Pedro Bandeira saltou para a literatura. Sem distinção de gênero ou de valor.

Aquele volume tagarela que mora na estante da casa de *seu menino* elenca dezenas de títulos e de autores. Entre eles, chamam atenção os romances policiais.

Pelas suas páginas, saio da estante de Pedro Bandeira e vou à minha estante onde moram os Karas. E fico pensando: o atrapalhado detetive Andrade não pode ser um legítimo sucessor de Maigret e de Sherlock, que tanto fascinaram Bandeira...?

Quem sabe?

▶ Menina paulistana, depois que cresceu e tornou-se uma escritora muito premiada e muito amada, Ruth Rocha percorreu todo o Brasil, discutindo livros e formando leitores. Seu nome batiza bibliotecas em vários lugares. A chegada de Ruth a uma escola ou a uma feira de livros é sempre uma festa.

Como é uma festa a leitura de suas histórias.

Nesta sua conversa conosco, ficamos conhecendo as histórias que foram uma festa para a Ruth criança. Crescendo numa família que lia, que tinha livros e que não proibia leituras, bem cedo Ruth se entusiasmou pelos mundos de que livros lhe davam a chave.

Avô, pai e mãe são as primeiras personagens que proporcionaram a ela – então uma menina comprida e morena – suas primeiras e inesquecíveis experiências com histórias contadas ou lidas: *Meu avô Yoyo, de origem nordestina, era um grande leitor. E tinha guardada na memória uma enorme coleção de histórias que ele adorava contar às crianças.[...] minha mãe foi minha segunda biblioteca. Desde muito cedo, eu e minha irmã ouvíamos histórias lidas pela nossa mãe* (p. 71).

Foi esta rede familiar de leitores que proporcionou à então menina a descoberta de Monteiro Lobato (presente de sua mãe) e a primeira visita a uma biblioteca (acompanhando a irmã).

Nos comentários de Ruth à sua leitura das histórias do sítio, podemos encontrar raízes da herança lobatiana: humor, liberdade e irreverência não são marcas que repontam em todos os livros dela?

Penso que sim.

E não foi ela que lançou na ONU em Nova York uma versão infantil da *Declaração Universal dos Direitos Humanos?*

Foi!

Momento também importante na formação da Ruth leitora foi a descoberta da biblioteca. Entrando pela primeira vez em uma, espantou-se com a enorme quantidade de livros, e resolveu que leria todos eles: *Quando eu entrei naquele imenso salão, com livros até o teto, de todas as cores, de todos os tamanhos, me dei conta de quantos livros havia no mundo. [...] e me impus uma missão: ler todos os livros que existiam* (p. 75).

E daí pra frente não para de tentar cumprir a missão...

A biblioteca renovou o encanto pela poesia. Com avô e mãe que gostavam de declamar poesia, livros de poemas da biblioteca ampliaram a familiaridade de Ruth com versos e rimas. Ela encantou-se com a poesia popular, com versos curtinhos – redondilhas – numa antologia de cantadores. Talvez venha daí uma das identidades da escritora que se vale de um belo poema para proclamar que *toda criança do mundo/ mora no meu coração.*

Mesmo suas histórias não dispostas em versos, são ricas em ritmos e sons. Sons e ritmos trazem para seus livros outras formas de expressão da cultura popular brasileira, como a recuperação de provérbios. Quem é que não se lembra do inesquecível *Cala a boca já morreu/ quem manda na minha boca sou eu* com que Ruth nos ensina a tratar os reizinhos mandões que encontramos pela vida afora?

Mas, nem só através de livros, família e escola formou-se a leitora Ruth. Foram também muito importantes as revistas que a menina ia comprar na banca da esquina.

E, numa dessas coincidências curiosas da vida, revistas participam não apenas da formação de *leitora* de Ruth, como também de sua formação de *escritora*. Pois não foi em revistas que ela publicou suas primeiras histórias?

Foi e... sorte nossa! Essas histórias migraram para livros, que – menos efêmeros do que revistas – até hoje podemos ler, reler e sorrir de gosto...

▶ Se Pedro Bandeira vem do litoral, Walcyr Carrasco vem do interior paulista. Vem de Marília, onde cresceu numa paisagem de cadeiras nas calçadas com adultos conversando e a meninada brincando na rua. Vendedores de livros batiam à porta das casas para vender coleções ricamente encadernadas. A família de Walcyr vivia com orçamento apertado e essas coleções não entravam em sua casa.

Mas isso não impediu que aquele menino se tornasse um leitor entusiasmado. Muito pequeno ainda, teve certeza do papel que os livros iriam representar mais tarde em sua vida: *queria viver cercado por eles e, principalmente, escrevê-los* (p. 84).

E seu desejo foi satisfeito, para alegria nossa!

O que talvez ele não soubesse, naquela época, era como seus livros seriam importantes na vida de leitores. O amor pelos livros e pela leitura veio pela mão de amigos que – ao contrário dele – tinham livros em casa. E que um dia emprestaram um deles para o amigo que se interessou:

– *Me empresta um livro?*

– *Leva este aqui, é o primeiro da coleção* (p. 86).

E ... qual seria este livro?

Reinações de Narizinho.

Monteiro Lobato *strikes again*!!

As histórias do sítio confirmaram e refinaram o antigo desejo do menino de *viver nos livros, cercado por livros, escrevendo livros* (p. 88). Do leitor ao escritor, o percurso de Walcyr se marca ainda pela dona Nice, professora que levava livros para os alunos escolherem. E também pela primeira visita a uma biblioteca, onde o menino "esqueceu-se da vida".

Grande e sensacional novidade na história de leitura de Walcyr é como ele, leitor criança, formou leitores, contagiando sua mãe e as vizinhas com a leitura de *As mil e uma noites: [...] senhoras do bairro lá em casa, pedindo emprestado e devolvendo os volumes. Faziam seus comentários em voz baixa. Sherazade povoou a imaginação daquelas mulheres* (p. 90).

Essa inversão do sentido da influência adulto > criança para o sentido criança > adulto no desenvolvimento do gosto pela leitura é inesperada. A partir da leitura de uma história considerada inadequada para leitura infantil, o livro e sua leitura se esparramaram pela vizinhança. Ou seja, a leitura foi um prazer que adultos aprenderam com crianças...

Ponto para o menino Walcyr...!

E mais pontos ainda quando ele defende a leitura como uma experiência que mexe *com a emoção, com o riso ou a lágrima* (p. 91) e quando apoia a leitora que diz que começou *a gostar de ler por causa das fotonovelas* (p. 93).

A importância da leitura na vida e na formação de Walcyr é tão grande que ele se tornou um mestre em patrocinar

o trânsito de um para outro gênero, de um para outro suporte. Adaptou Cervantes para jovens. Em suas telenovelas não poucas vezes a trama nasce de uma obra literária: foi assim com *O cravo e a rosa*, inspirada em *A megera domada,* de Shakespeare; foi assim com *A Padroeira*, que reescreve *As minas de prata.*

E foi também assim com o *Sítio do Picapau Amarelo*. Reescrevendo Lobato, Walcyr proporcionou às crianças, numa das linguagens mais populares hoje, o encantamento em que mergulhou aquele menino de Marília que, anos atrás, se encantou com *Reinações de Narizinho* que amigos lhe emprestaram...

Com certeza, muitos dos telespectadores tornaram-se leitores dos originais de Lobato que, pelas mãos e imaginação de Walcyr Carrasco, migraram para as telinhas da televisão...

Ótimo!

▶ Acompanhando as histórias de Eva, Pedro, Ruth e Walcyr, nos familiarizamos um pouco com os bastidores onde nasceu parte significativa da melhor literatura infantojuvenil brasileira das últimas décadas.

Para além da forte presença de Monteiro Lobato na formação de leitores e escritores, é também recorrente e muito significativo o papel da família e da escola. Se histórias individuais permitem generalizações, aqui se aprende que não é apenas com livros que se formam leitores. *É também com livros*, mas *não só* com eles.

Aprendemos com as personagens deste livro – na menção a bancas de jornais, ao desenho, à pintura, ao cinema, à televisão – a pluralidade de linguagens que formam (e em que se formam) leitores. Leitores e escritores.

Linguagens em rede, bela e oportuna metáfora muito contemporânea. O plural expresso no "s" de *linguagens* pode remeter-nos, como fecho desta introdução, à palavra de Mestre Antonio Candido:

"[...] Assim como todos sonham todas as noites, ninguém é capaz de passar as vinte e quatro horas do dia sem alguns momentos de entrega ao universo fabulado. O sonho assegura durante o sono a presença indispensável deste universo, independentemente de nossa vontade. E durante a vigília a criação ficcional ou poética, que é a mola da literatura em todos os seus níveis e modalidades, está presente em cada um de nós, analfabeto ou erudito, como anedota, causo, história em quadrinhos, noticiário policial, canção popular, moda de viola, samba carnavalesco. Ela se manifesta desde o devaneio amoroso ou econômico no ônibus até a atenção fixada na novela de televisão ou na leitura seguida de um romance".[1]

Ou seja: vivemos, mesmo, entre *linhas* e *traços*, como anuncia o título deste livro.

---

[1] Antonio Candido. O direito à literatura. In: *Vários escritos*. São Paulo: Duas Cidades, Rio de Janeiro: Ouro sobre Azul, 2004. p. 174-175.

SOBRE MARISA LAJOLO

Marisa Lajolo nasceu em São Paulo, em 1944. Cursou Letras na Universidade de São Paulo, onde também concluiu mestrado e doutorado em Letras, Teoria Literária e Literatura Comparada sob orientação de Antonio Candido. Fez pós-doutorado na Brown University e vários estágios de pesquisa na Biblioteca Nacional de Lisboa, na Biblioteca Sainte-Geneviève (Paris) e na John Carter Brown Library.

Foi professora titular do Departamento de Teoria Literária da Unicamp. Atualmente é professora da Universidade Presbiteriana Mackenzie. Suas atuais linhas de pesquisa recobrem interesse por Teoria Literária e Literatura Brasileira, atuando principalmente nas áreas de história da leitura, literatura infantil e/ou juvenil e Monteiro Lobato.

Publicou vários livros, artigos em revistas especializadas no Brasil e no exterior, além de ter organizado inúmeras antologias.

EVA FURNARI

[Marquinhas no pescoço de cirurgia da tireoide]

UMA NÃO AUTOBIOGRAFIA

▶ Há algum tempo, minha editora, com quem trabalho há 38 anos, Maristela Petrili, pediu que eu escrevesse uma autobiografia. Como boa parte da minha biografia já foi contada em orelhas de livros, entrevistas e no meu *site* pessoal, comecei a pensar em outra alternativa que deixasse ambas satisfeitas.

Fui olhar minhas gavetas de desenhos. Gavetas, não. Caixas. Caixas recheadas de desenhos que não foram feitos para ilustrar livros nem por qualquer outro motivo específico, coisas que nunca publiquei e que pouquíssimas pessoas conhecem. Achei que poderia haver uma saída ali.

Biografias, afinal, são uma coleção de fatos e acontecimentos reais, mas que muitas vezes não desvendam a vida do biografado em questão. Nesse sentido, talvez um desenho ou uma coleção de desenhos, feitos de forma inocente, pudessem revelar até mais sobre mim.

Escolhi esse caminho: mostrar imagens, contar algo dos bastidores da criação, revelando que há outras Evas Furnari por trás da autora.

O QUE HAVIA NAS CAIXAS

Os desenhos que escolhi mostrar aqui são diferentes entre si. São assim justamente pela espontaneidade com que foram criados e porque refletem momentos específicos. Se existe um gato arrepiado e com raiva, é porque certamente, naquele momento, eu – e não algum personagem meu – estava sentindo aquela raiva.

    O gato arrepiado é uma expressão genuína daquele pedacinho da minha vida e da minha humanidade. Ele é também uma parte minha, do que eu senti e experimentei. Por isso o gato arrepiado – assim como os demais desenhos – é um tanto diferente das ilustrações que costumo fazer profissionalmente, estas sempre a serviço de uma história.

Claro que nos desenhos feitos para os livros ao longo de toda a minha carreira eu também estou presente. Mas o que eu revelo ali é parcial. É a faceta minha pertinente àquele objeto que me propus a construir. Desenhos de livros costumam ser mais controlados que os descompromissados desenhos caseiros, tal como o gato arrepiado de raiva.

Os desenhos que mostro aqui são alguns dos meus prediletos. Coisas que fiz quando estava solta, rabiscando com o coração livre, sem propósitos ou intenções. São produções completamente sinceras, que têm o frescor da criação verdadeira e que fogem das eventuais estereotipias – desenhos feitos de forma mecanizada. Esses rabiscos contêm uma espontaneidade muito preciosa para mim, algo que nunca deixei de buscar.

São fruto de uma intensa produção paralela, que vem desde que eu era pequena. Muitos deles foram feitos em cadernos sem pauta e estão datados e bem organizados. Outros estão soltos, sem data, e foram rabiscados em pedacinhos de folhas rasgadas, em cadernetas ou em toalhas de papel durante a espera em algum restaurante.

São frutos de uma produção constante e ininterrupta. Não é exagero. Estou sempre desenhando. Enquanto ouço aulas, aguardo numa sala de espera, quando falo ao telefone. A criação que acontece nesses momentos é diferente das minhas ilustrações para livros infantis, uma vez que não está condicionada a um texto ou a uma história.

Déjà Vu latino-americano

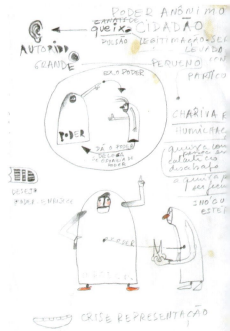

CRISE REPRESENTAÇÃO

A BUSCA
PELA IMPERFEIÇÃO
PERFEITA

Não é fácil estar com mente, corpo e alma presentes durante a criação, ainda mais quando faço ilustrações para histórias. Há muitos fatores limitantes e desafiadores nesse trabalho. Uma constante necessidade de coerência. A ilustração tem de estar dentro de um planejamento gráfico, tem de ser fiel à narrativa, os personagens têm de ser repetidos, o que também limita bastante a espontaneidade.

Para além desse engessamento, às vezes, fico contaminada por ideias falsas, que me limitam ainda mais, que me conduzem ao caminho do bem-feito, do correto, do conhecido.

Me sinto mais livre quando ilustro livros meus que são um conjunto de narrativas soltas e não uma única história. Por exemplo, livros como *Problemas Boborildos*, *Listas Fabulosas* e *Zig Zag*. Neles, em cada página, criei narrativas independentes. Essa estrutura fragmentada me diverte mais. Pode parecer uma banalidade, mas a diversão e o prazer de inventar, para mim, são ingredientes fundamentais para um bom resultado.

TALENTO
OU OBSESSÃO

Uma das coisas que mais me dá prazer é criar personagens. A vida inteira desenhei figuras. Em geral mulheres, mas também homens e às vezes animais. Nunca me interessei em desenhar contextos, fundos,

paisagens. Talvez porque meu trabalho tenha a ver com a busca de um estado de espírito, de um humor.

Por isso, até os animais desenhados têm sentimentos. Vai ver, eu os encaro como gente disfarçada de bicho. Não tenho como fugir disso, minhas criações, incluindo os desenhos que apresento aqui, são sempre focadas em rostos, corpos, expressões, traçadas nos mais diversos estilos. São imagens desenhadas insistentemente, pra não dizer obsessivamente.

Desconfio, aliás, que todo artista tem um quê de obsessivo e que nosso combustível, aquilo que nos dá energia para trabalhar tão intensamente, é a paixão. Um bom resultado talvez venha mais disso do que de um eventual talento, fator que, aliás, não sabemos direito o que é nem de onde vem.

[Desenhando sobre a mancha do papel na mesa de um restaurante]

No meu caso, foi a paixão que me levou à prática insistente de desenhar e escrever histórias e, por conseguinte, me encaminhou ao desenvolvimento de técnicas e habilidades.

Mas a técnica não era o objetivo final. Havia outras camadas muito mais profundas nesse amor inexplicável. Uma delas, provavelmente, era o desejo de mergulhar na minha própria alma e de expressar minha humanidade.

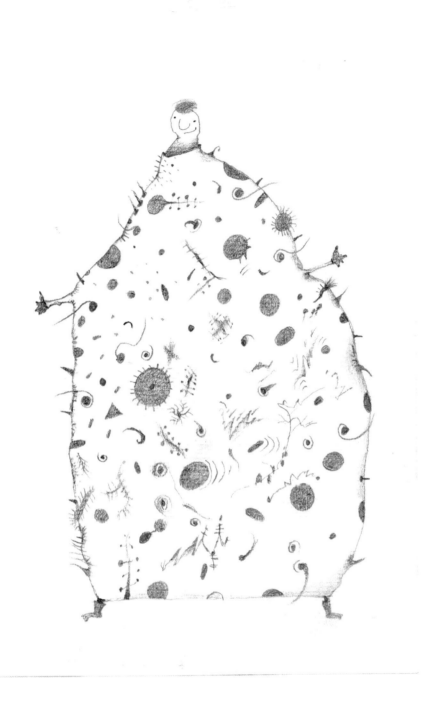

Existem momentos em que sinto que consigo me expressar verdadeiramente. Nas histórias, quase sempre simbólicas, os personagens falam por mim através de vias secretas (ou pelo menos discretas). E a voz deles se torna mais clara quando estou distraída.

Esses momentos de criação espontânea e verdadeira são os que mais aprecio e estou sempre em busca deles. Sempre mesmo. Em cada palavra que escrevo, cada desenho, cada detalhe, traço, pincelada, em cada escolha de cor existe essa busca misteriosa e inexplicável.

NA CORDA BAMBA

O equilíbrio entre a técnica apurada e a espontaneidade é bastante frágil. Numa certa época da minha carreira, mais precisamente em 1996, com o livro A *bruxa Zelda e os 80 docinhos*, escrevi um texto mais longo e comecei a fazer ilustrações mais elaboradas.

Para essa história que, na época me parecia especial, escolhi usar um papel nobre, caro, importado, próprio para aquarela. Era um papel de algodão com pouca cola na superfície, o melhor para as tintas aguadas.

O problema é que esse papel não funcionava bem para o desenho. A superfície áspera e irregular era inadequada para o alto nível de detalhamento, uma característica marcante do meu trabalho.

Além disso, por ser poroso e pouco resistente, quase um mata-borrão, se eu usasse borracha para corrigir qualquer coisa, ele se esfarelava. Eu me sentia como uma criança que, quando aprende a escrever, rasga a folha de tanto apagar. E depois, na hora de pintar, o pedaço danificado pela borracha absorvia a tinta de forma diferente, resultando em manchas, borrões feios, texturas indesejáveis.

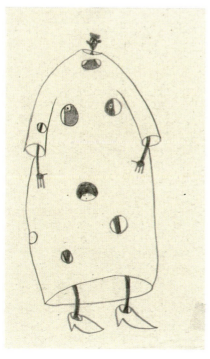

Para evitar esse problema, a solução era fazer antes um rascunho em outro papel e depois passar a limpo no papel da aquarela, usando uma mesa de luz. Isso resolvia um problema, mas criava outro. Na hora de copiar a imagem, a grossura do papel de aquarela não me deixava perceber as sutilezas feitas no rascunho e eu perdia um monte de detalhes importantes.

Apesar do resultado caprichado, eu ficava frustrada, pois as figuras, mesmo corretas, perdiam sua vitalidade. A alma da personagem ficava no rascunho. Porque independentemente da diferença de textura entre os papéis, parece que a alma só passa para o desenho se o artista, no caso eu, estiver no estado de espírito certo. Tenho que estar concentrada na personagem, afinadíssima com ela, sentindo-a na minha pele. E na hora de passar a limpo eu não estou mais conectada com as bruxas ou fadas da história. Estou apenas concentrada em copiar corretamente o que foi feito antes. Coisa que não tem nada a ver com aquele estado de espírito tão especial.

Com isso, eu sofria, colecionando um zilhão de rascunhos mais vivos do que as elegantes e limpíssimas artes finais. A técnica estava minando minha espontaneidade.

Levei alguns anos para encontrar uma maneira de me livrar dessa frustrante limitação. Foi só em 2001, fazendo as ilustrações do livro *Os problemas da família Gorgonzola*, que achei uma saída.

[Rabiscando com caneta Bic durante a reunião]

Dois fatores colaboraram. Primeiro, eu andava encantada com os desenhos dos meus leitores infantis quando copiavam minhas próprias ilustrações. Era como se eles conseguissem realizar aquilo que eu tanto buscava.

Os desenhos que eles me enviavam eram verdadeiros e espontâneos, sem maneirismos, sem os vícios do "saber fazer" e da habilidade. Eu adorava (e adoro) o descaso das crianças com a *performance* correta, esperada e aplaudida por todos.

Parece estranho, mas, quando me deparava com a liberdade dos meus pequenos leitores, aquilo me estimulava a ir em busca da minha própria liberdade. Sentia vontade até de esquecer as habilidades que eu tinha levado décadas para desenvolver. Queria voltar à infância. Ter o prazer e a soltura de explorar novas possibilidades do lápis sobre o papel.

O "Gorgonzola" não tinha uma história única, era uma série de narrativas curtas e independentes e isso deu espaço para experimentações. Ali, num processo meio intuitivo, eu consegui me soltar e surgiu algo novo e verdadeiro também.

Esse momento não foi pensado ou planejado conscientemente, veio sem querer, influenciado pelos redesenhos das crianças e, depois, foi se concretizando também em outros livros. Eu tinha descoberto uma nova maneira de ilustrar. Tinha achado ali a graça que me pertencia.

Esse foi um passo importante, mas, naquele momento, outro fator também colaborou de forma fundamental para a confecção desses novos desenhos: uma inesperada mudança de estratégia.

Ao me preparar para ilustrar o "Gorgonzola", eu passei na papelaria onde costumo comprar materiais e, sem pensar muito (santa intuição), pedi um papel para desenho técnico. Um material cuja superfície não é absorvente e rugosa como o belo papel para aquarela. Ao contrário, é duro e liso, características que jamais me permitiriam obter a textura aveludada da tinta aguada. Enfim, comprei um papel excelente para desenho, mas péssimo para aquarela.

Fiquei entusiasmada. Comecei a fazer as ilustrações resgatando o prazer de desenhar. E, na hora de pintar, inventei truques para resolver o problema da textura ruim para aquarela. Passei a pintar diversas camadas e não apenas uma, a usar produtos que aumentavam a viscosidade da tinta e outras coisinhas mais.

Em pouco tempo percebi que podia, enfim, me livrar do maldito rascunho. Estava conseguindo ótimos resultados desenhando direto no papel da arte final. Podia usar a borracha um milhão de vezes, que era tudo o que eu queria. Me diverti muito ilustrando esse livro. Sentia prazer em ver a ponta do grafite fino deslizar sobre o papel duro. Às vezes, mudando apenas um milímetro o traço de uma boca, por exemplo, eu conseguia encontrar uma expressão nova e preciosa para um personagem. Maravilha!

[Original Família Gorgonzola]

Daí pra frente, passei a usar quase sempre papéis que favoreciam a qualidade do desenho e não da pintura. Afinal esse era – e ainda é – o aspecto mais marcante da minha criação.

Hoje, escrevendo esse pequeno-grande drama técnico-criativo, acho curioso como um problema tão elementar possa ter levado décadas para ser entendido e solucionado. Vai ver eu, lá no fundo, achava que era pecado me desapegar das lindas texturas da aquarela.

ANTENAS, DEUSES E DINOSSAUROS

Essa busca pela criação genuína, que ainda hoje me acompanha, acontece também na produção dos textos. Ao lidar com as palavras, eu também sigo perseguindo o verdadeiro, oscilando na corda bamba, na linha tênue entre o espontâneo e o premeditado.

Para mim, esses dois ofícios, escrever e desenhar, estão sempre dialogando entre si e não apenas porque caminham juntos na minha obra, mas porque tanto no desenho quanto no texto estou sempre nessa busca pelo que é verdadeiro e também pelo que me emociona. Estou sempre atenta às armadilhas do fazer mecanizado, contaminado por estereótipos, sempre atenta às armadilhas e seduções da vaidade.

Stephen King, em seu livro *Sobre a escrita,* diz que as histórias são como dinossauros à espera de serem desenterrados – e não inventados – pelo escritor. E diz que é preciso desenterrá-las com cuidado para não danificá-las. Eu acredito nisso. E todo cuidado é pouco.

Não sei exatamente de onde vêm minhas ideias ou histórias. Às vezes, quando me deparo com um momento em que falta alguma solução para a narrativa, fico com a pergunta na mente e, no dia seguinte ou até no mesmo dia, a solução aparece.

Acho que isso ocorre quando estou focada na criação. Para conceber uma história nova, preciso estar mergulhada nela. Trabalho em determinados períodos do dia, mas a narrativa está comigo o tempo todo. Na rua, em casa, nos sonhos, na hora do almoço, na feira.

Algo que leio ou que uma pessoa me diz, que vejo num filme, pode despertar ideias para aquele enredo que está ressoando em mim. Estou constantemente focada e dedicada. Talvez à disposição dos deuses. Ou seria dos dinossauros?

Dizem que os artistas têm antenas. Eu nunca achei nenhuma (ao olhar no espelho), mas o fato é que a criação de histórias é um processo misterioso. Um ato inexplicável, tortuoso, obscuro e caótico, cheio de conflitos, dúvidas, expectativas, momentos de desespero e, por sorte, também alguns momentos de pequenas e grandes iluminações.

São mais comuns as pequenas do que as grandes. Porque a criação, para mim, não acontece sob a luz clara do sol. Ela se dá na penumbra, onde tento enxergar o caminho com a vela que levo na mão. É uma experimentação sem fim, um processo de constante aprendizado, feito de passos cotidianos, disciplina e dedicação. E esses passos minúsculos, dados com infinita paciência, são, paradoxalmente, movidos por uma intensa paixão.

[Desenho feito em cima de mancha de café]

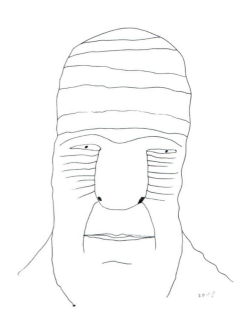

SOBRE EVA FURNARI

Eva Furnari nasceu em Roma, Itália, em 1948. Veio para o Brasil aos dois anos de idade e reside em São Paulo até hoje.

Em 1976, formou-se em Arquitetura e Urbanismo pela Universidade de São Paulo. Foi professora de Artes no Museu Lasar Segall de 1974 a 1979 e colaborou, na década de 1980, como desenhista em diversas revistas, recebendo o Prêmio Abril de Ilustração em 1987.

Começou sua carreira de escritora e ilustradora de livros infantis e juvenis em 1980. Publicou, por quatro anos, histórias da Bruxinha nos suplementos infantis dos jornais *Folha de S.Paulo* e *Estado de S. Paulo*. Durante 10 anos publicou livros de imagem e em 1993 escreveu *A bruxa Zelda e os 80 docinhos*, seu primeiro livro com uma história narrada com texto. Desde então, Eva publicou mais de 65 livros.

Alguns deles foram adaptados para o teatro: *Lolo Barnabé*, *Pandolfo Bereba*, *Abaixo das canelas*, *Cocô de passarinho*, *A bruxa Zelda e os 80 docinhos*, *A bruxinha atrapalhada*, *Cacoete e Truks*; sendo que esta última recebeu o prêmio Mambembe em 1994.

Seus livros foram publicados na Inglaterra, Turquia, China, México. Participou da feira Internacional de Ilustradores de Bratislava em 1995 e da Exposição de Ilustradores Brasileiros promovidas pela FNLIJ, em Bolonha.

Ao longo de sua carreira, Eva Furnari recebeu diversos prêmios. Entre eles, o Prêmio Jabuti pela Câmara Brasileira do Livro pelos livros: *Truks* (1991), *A bruxa Zelda e os 80 docinhos* (1996), *Anjinho* (1998), *Circo da Lua* (2004), *Cacoete* (2006), *Felpo Filva* (2007) e *Drufs* (2017). Foi premiada 9 vezes pela Fundação do Livro Infantil e Juvenil e recebeu o Prêmio APCA pelo conjunto da obra. Foi vencedora do concurso promovido em 2000 pela Rede Globo de Televisão para a caracterização das personagens do Sítio do Picapau Amarelo.

Em 2009 passou a ser autora exclusiva da Editora Moderna.

Mais informações sobre a autora e sua obra podem ser encontradas no *site* www.evafurnari.com.br

PEDRO BANDEIRA

O MEU MENINO

▶ Não sou muito. Sou um livro, ou melhor, sou apenas um exemplar de um livro. E nem sou um livro muito importante, desses que todo mundo se envergonha de nunca ter lido. Sou um livro bem fininho até, mas colorido, bem ilustrado e muito bem escrito por um jornalista chamado José Reis. E que ideia ele teve! Inspirou-se na fábula da formiga que, à chegada do inverno, recusa-se a dar guarida a uma cigarra porque a pobre cantara no verão em vez de trabalhar, e reescreveu-a como conto de fada, mostrando aos pequenos leitores que cantar, representar, pintar, dançar e escrever histórias é também trabalho, e uma atividade tão importante quanto plantar milho para fazer pipoca. Na recriação desse escritor, a cigarra é acolhida por outra formiga muito atenciosa e a historinha tem um final pra lá de feliz.

Nasci em São Paulo, na gráfica da Editora Melhoramentos, e logo fui remetido para a cidade de Santos, onde fui comprado por uma jovem viúva como presente para o seu caçula. Naquele mês de outubro de 1947, o presenteado tinha somente 5 anos e ainda não sabia ler, mas, aconchegado ao colo daquela senhora, ouviu maravilhado a história que eu guardava em minhas páginas. E adorou a história, e me adorou, e eu o adotei, e ele passou, para sempre, a ser o *meu* menino. Não sou eu que sou dele. Ele é que é meu.

É O MEU MENINO!

Quando sozinho, depois de ouvir a história que eu guardo dentro de mim, o meu menino virava e revirara minhas páginas, readmirando minhas ilustrações, repassando o enredo, me reimaginando e rememorando a doce voz de sua mãe. Isso por dias, por meses, acho que por décadas, pois até hoje ele me preserva, carinhosamente embalado em plástico e estocado dentro de um envelope tamanho ofício. Aqui, guardando a dedicatória daquela mãe em meu frontispício, eu tenho sobrevivido em sucessivas estantes ao lado de tantas outras leituras que fizeram a cabeça do meu menino.

Certamente eu não fui o primeiro, como fiquei sabendo pelos meus colegas de estante. Soube que ele havia se admirado pelas *Memórias de um burro* e por várias outras histórias da tal Condessa de Ségur que sua mãe havia lido para ele. Contaram-me também que ele havia se emocionado com *O patinho feio*, *O soldadinho de chumbo* e que tais. Quem me contou tudo isso foram livrinhos menores do que eu, ensanduichados entre duas capas de papelão coladas por uma fita de pano. Falaram-me até de uma história de que ele havia gostado muito, impressa num colega colorido, mais luxuoso, uma história muito original sobre um cachorro criado por uma família de gatos, veja só!

Onde teria ido parar esse livro? Sei lá. Onde vão parar os livrinhos das crianças? Na certa dentro da memória dos adultos que eles ajudaram a crescer.

Meu menino nasceu sem pai, pois o homem que o gerara morreu quando ele ainda aguardava o dia do seu aniversário número zero dentro do útero da esposa que para sempre haveria de chorar a ausência daquele marido. Além dessa herança, o falecido deixara também mais dois rapazinhos para criar, e sua jovem viúva não era uma mulher de posses, letras ou universidades. Não me lembro, ao longo das muitas décadas em que pude observá-la, de tê-la visto ler um livro para si mesma, um romancezinho que fosse. Bom, sei que ela me leu e a vários colegas meus em voz alta para seu filho, e para nós dois isso foi o início de tudo.

A voz daquela senhora! Ficara pobre de recursos, mas alimentava o sonho de tornar-se uma cantora lírica. Durante pelo menos a primeira década de sua vida, eu e meu menino ouvíamos os trinados tipo soprano coloratura de sua mãe, enquanto ela lavava roupas no tanque, costurava, cozinhava e se esforçava para sustentar as três heranças de seu saudoso marido. À noite, aquela voz o fazia adormecer com acalantos antigos, doces, alguns cheios de dor e de lágrimas. Adélia Prado, que mora em brochuras perto de mim, escreveu palavras que ele gostaria de ter escrito: "Minha mãe cozinhava exatamente arroz, feijão e molho de batatinha. Mas cantava!".

Não, sua mãe não era de letras nem de dinheiros, mas tinha histórias. Em seu colo, meu menino adormeceu tremendo de medo da bruxa que perseguia Branca de Neve e de um lobo muito mau que, de acordo com a ocasião, atormentava porquinhos, carneirinhos, cabritinhos ou meninas de capinhas vermelhas. Como ela sabia de histórias!

Seu filho tremia especialmente com o bárbaro abandono de João e Maria. Tremia, mas na noite seguinte pedia que a história fosse de novo contada, para novamente tremer de emoção antes de adormecer. Naquele tempo ele não sabia que essa tremedeira o ajudava a expurgar o medo atávico que todo bebê tem de ser abandonado, porque o calor daquele colinho provava que ele jamais seria deixado à mercê das feras e das bruxas cozinhadoras de crianças. Ele estava protegido. Só tinha isso, mas de que mais ele precisava? Era um pequeno milionário!

Temporão, por seus dois irmãos serem bem mais velhos do que ele, seu desenvolvimento foi solitário. Até os 7 anos, quando finalmente foi enviado ao grupo escolar para aprender a ler, ele ficava por lá, sozinho, brincando com sua imaginação. Percorria página a página a mim e a meus colegas imaginando que nos estava lendo e também folheava fascinado os gibizinhos trazidos por seus irmãos e cuidadosamente estocados em secretos esconderijos que logo descreverei. Ah, os gibis! Como só havia negras formigas ininteligíveis dentro dos balõezinhos que brotavam da boca das personagens, ele criava as histórias, inventava enredos, perigos e aventuras. A partir da escola, já sendo capaz de decifrar as tais formiguinhas, desenhava quadrinhos próprios, heróis, caubóis, coelhos, o que fosse. Eu e sua mãe naturalmente achávamos muito talentosos aqueles rabiscos, mas daí surgiram problemas. Problemas? Sim, os havia e certamente eles fizeram parte da formação do meu menino até pelo menos a sua primeira década, porque, ao enviuvar, a alternativa que restara à sua mãe tinha sido a de abrigar-se na colmeia de sua própria progenitora, levando seus três órfãos. E a aceitar as regras da abelha-rainha.

A abelha-rainha! Também viúva, para instalar sua colmeia a avó materna do meu menino havia alugado uma casa grande e muito antiga na Avenida Conselheiro Nébias, uma via bem longa, onde sacolejavam bondes a transportar passageiros entre o centro da cidade e a praia. Nesse casarão, a abelha-rainha imperava sobre suas várias filhas abelhas-operárias, que dividiam entre si os aluguéis e as despesas e disciplinadamente ocupavam diferentes favos, acompanhadas por zangões calados, dominados, quietos e sem ferrão.

Ah, a abelha-rainha! Pela idade ou pela saúde, seu autoritarismo não era físico, mas ideologicamente aquela mulher teria sido uma das discípulas prediletas de Torquemada. Seus discursos intermináveis eram ameaças tremendas, que descreviam um deus brutal, assustador, sedento do sangue dos inocentes, sempre vigilante e prestes a abrir alçapões por baixo do meu menino para mergulhar o coitado nos mais profundos e flamejantes abismos dos infernos por qualquer coisinha que ele fizesse fora das regras estabelecidas. Quem já leu García Lorca talvez conheça *A casa de Bernarda Alba*, uma peça soturna, protagonizada por uma velha fanática religiosa, cuja missão no mundo é oprimir suas filhas, todas mulheres apavoradas e enlutadas em negro, com uma moral rígida, ibérica, castradora. Uma cópia da avó do meu menino. Ou vice-versa.

De acordo com os ditames da Inquisição que ali imperava, na vida daquela casa não havia lugar para diversões, viagens, turismo, clubes, bailes, música, esportes, cinema, teatro e muito menos literatura. Pelos estatutos da abelha-rainha, tudo fora dali ocultava as armadilhas do demônio. As abelhas-operárias e seus zangões saíam pela manhã de cabeça baixa para o trabalho em repartições públicas e à tarde retornavam silenciosamente à colmeia. Suas existências resumiam-se aos empregos, à casa e à igreja, principalmente à igreja.

Poucas novidades havia a experimentar naquelas modorrentas mal-vivências na longa avenida. Ela nem ao menos era uma daquelas ruas de terra, onde romanticamente os memorialistas dos anos 1940 dizem ter jogado futebol com bolas de meia, empinado pipas, soltado balões e rodado piões. Nada disso para o meu menino. Ali nem havia lugar para o futebol. O meu menino já tinha 8 anos quando o selecionado brasileiro foi derrotado pelo Uruguai no Maracanã, mas essa notícia não penetrou a colmeia. Somente a partir do ginásio e da convivência com os colegas ele viria a descobrir o que significava a palavra "escanteio", só então pôde divertir-se com partidas de futebol de botão e só então descobriria o glorioso Santos Futebol Clube, com Pelé e tudo.

Ainda de acordo com a abelha-rainha, só poderia mesmo ter sido o demônio o inventor dos livros, dos gibis e do cinema, as principais diversões do meu menino.

No caso dos gibis, sua fúria era internacionalmente apoiada, pois naqueles tempos os Estados Unidos superavam a influência de França e Inglaterra e começavam a tornar-se hegemônicos na economia e na divulgação global de sua cultura.

Internamente controlado pelos puritanos, esse grande país procurava tornar-se o baluarte das restrições ao prazer. Além do desastre geral da

Lei Seca, para combater a heresia política entre os artistas do cinema foi estabelecido o chamado "macarthismo" no Senado americano, um inquérito implacável que perseguiu e baniu do país personalidades como Charles Chaplin, por exemplo. Mas esmagar o pensamento político ainda era pouco, pois, para coibir a sexualidade no cinema, foi imposta uma férrea censura na forma de um certo Código Hays, que transformou Hollywood no único lugar do mundo onde os casais dormiam em camas de solteiro separadas por imensos criados-mudos, e a pele das atrizes só podia ser exibida do queixo para cima. Em qualquer cena, quando um casal estava próximo de resolver-se, invariavelmente a câmera se deslocava para exibir uma lareira em chamas. Quem quisesse que imaginasse o que aquele fogo simbolizava. Houve até um cineasta provocador que, na hora do vamos-ver, ousou deslocar a câmera para mostrar um trem que penetrava um túnel em alta velocidade. E a censura americana nada percebeu!

Para o meu menino, criado na "inocência" da ignorância de tudo, até do que seria menstruação ou gravidez, sem nunca ter testemunhado o carinho de algum casal, a cruzada contra os gibis pesava muito. Os conservadores americanos haviam decidido que michelângelos quadrinistas como Al Foster, Alex Raymond e Burne Hoggart eram desencaminhadores da humanidade e que quem se deixasse capturar por seus trabalhos certamente haveria de tornar-se um assassino ou um devasso moral. Os gibis seriam as escolas onde se formavam prostitutas e gângsteres.

É claro que esse reacionarismo não encontrava fácil guarida nem mesmo nos Estados Unidos, onde os quadrinhos resistiam e até vicejavam, mas na colmeia de Santos a Inquisição puritana encontrara uma ardorosa aliada. Ali, onde tudo era pernicioso, os gibis estavam folgadamente na liderança. Quando encontrados em seus esconderijos, invariavelmente eram rasgados por dedos furiosos, junto com discursos apocalíticos. Uma das grandes tristezas de infância que o meu menino nunca esqueceu foi juntar os pedaços destroçados de um álbum de figurinhas com a história da Branca de Neve, que ele conseguira completar com tanto esforço, mas com muita alegria.

Não lhe era permitido divertir-se com a leitura, ler era uma perdição, Monteiro Lobato era um perigoso comunista e as revistas em quadrinhos só poderiam levar ao crime, à imoralidade e à perdição. Isso não só para o meu menino, pois o casarão da Conselheiro Nébias era apenas mais um representante das fortalezas do atraso nacional, pois a cruzada do reacionarismo obscurecia todo o País.

A história do Brasil, cujos muitos volumes me fazem companhia nestas estantes, é a história do antilivro, da perseguição ao saber.

Enquanto o norte da Europa e os Estados Unidos progrediam sob a égide do Iluminismo, o Brasil chafurdava na lama do atraso, sob as trevas da Inquisição.

Por sorte, para o meu menino havia dois refúgios naquela fortaleza medieval. Um psicológico e outro físico. O psicológico foi a capacidade que ele desenvolveu de ensurdecer-se a qualquer discurso que não fosse a voz simples e amorosa de sua mãe. Esta era mais do que suficiente para dar-lhe chão. Essa mãe é claro que não tinha fôlego para enfrentar a abelha-rainha, mas sempre sobravam moedinhas para os gibis e pacotes de figurinhas do seu filho. E o segundo refúgio era que cada deserto tem o seu oásis: aquela colmeia havia sido instalada numa casa em que os alicerces formavam um porão habitável, de pé-direito normal.

O PORÃO DA CONSELHEIRO NÉBIAS!

As condições de peso, idade e saúde da abelha-rainha dificultavam sua descida até ali e, graças a isso, em meio aos trastes de qualquer porão que se preze, reinava o meu menino, imperador daquela solidão empoeirada. Ali ele devorava seus gibis e inclusive encontrara entre os bagulhos uma abandonada caixa de descarga, dessas acionadas por uma cordinha, que se tornou o esconderijo ideal para acolher seus tesouros em quadrinhos e resguardá-los de uma eventual incursão dos cruzados do piso superior. Naquele porão havia um espelho em um guarda-roupa abandonado e, depois de ler as aventuras de Roy Rodgers, de Tim Holt, de Gene Autry, de Hopalong Cassidy, de Tom Mix, ele ficava a disparar revólveres imaginários depois de proferir soturnamente, de boca torta, ininteligíveis sons na língua inglesa que ele ainda levaria um bom tempo para compreender. E, certeiramente atingidos, do outro lado do espelho tombavam quadrilhas de ladrões de gado mascarados e tribos inteiras de peles-vermelhas. No gatilho da imaginação, ninguém era mais rápido do que o meu menino.

No grupo escolar, entre os colegas do curso primário os gibis eram mania, e uma das diversões nos recreios eram as sabatinas sobre os conhecimentos dos leitores de gibis: "Qual é o nome do cavalo do Roy Rogers?", "E qual é o nome do cachorro do Fantasma?", e muitas vezes ele saía vitorioso quando a dúvida em pauta era quais os nomes dos sete componentes do grupo "Os Falcões Negros", habilíssimos pilotos de jatos, incansáveis na derrubada dos traiçoeiros MIGs na Guerra da Coreia e nas páginas da revistinha *Vida Juvenil*. E, de nariz erguido, meu menino elencava, com superioridade: Olaf, Chuck,

André, Hendrickson, Stanislau, Chop-chop e Falcão Negro. Estupefação geral! Quanta sabedoria!

E o cinema? Ah, o cinema! No gosto do meu menino, o maior rival, meu e de toda a gente de papel, eram as matinês de domingo num tempo em que não havia televisão nem nada. Nas matinês do Cine Atlântico, que ficava na praça da Independência, levado por sua mãe ele se deliciava com os curtas do Carlitos, do Gordo e do Magro, dos Três Patetas, e os desenhos da Disney, do Pica-Pau, do Tom e do Jerry. Acho que o seu desenvolvimento na proficiência da leitura, para que ele pudesse deliciar-se com as maravilhas que eu e meus vizinhos de estante temos a oferecer, deveu-se aos gibis, com os quais ele não parava de treinar compreensão de texto nos balõezinhos que saíam da boca das personagens, e principalmente ao cinema, porque naqueles tempos não havia dublagem e todos os desenhos, todos os filmes, passavam com legenda, o que o ajudava muito a treinar rapidez de leitura, sem o que seria impossível compreender o que era exibido nas telas.

Mas, como em histórias de tesouros sempre tem de ter uma arca, naquele porão havia um grande baú, com as lembranças da infância e da juventude de uma prima bem mais velha, filha de uma das abelhas-operárias, que se destacava por ser alegre e menos repressiva. E certo dia essa prima retirou do baú e revelou-lhe um livro que trazia na capa o título *Reinações de Narizinho*. Está bem, está bem, sei que me apresentei como sendo "O" livro do meu menino, mas agora tenho de mostrar o efeito que as *Reinações de Narizinho* tiveram na vida dele.

A tal menina do nariz arrebitado tinha a mesma idade dele e, como ele, vivia solitária, acompanhada apenas por sua estupenda imaginação. Foi paixão à primeira vista! Pela menina e por seu criador, que passou a ser o centro das atenções dele dali em diante.

Nos fundos da colmeia havia um comprido quintal, onde imperava um imenso chapéu-de-sol, ou amendoeira-da-praia, ou *terminalia catappa*, para quem tem paciência de consultar a Wikipédia. Era imenso, ou pelo menos assim parecia ao meu pequeno menino, que, no calor de Santos, só de sunga, descalço e sem camisa, passava horas sentado à sombra daquela árvore... lendo.

Com *Reinações de Narizinho* nas mãos, ele conseguia chegar à última página, reabrir o livro na primeira e recomeçar a leitura. Ele lia o livro em círculos!

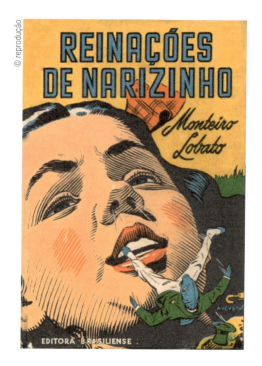

Sua paixão por aquele empréstimo foi tamanha que sua mãe teve de comprar um exemplar só para ele, cuja existência com a dedicatória materna ele preserva até hoje, tanto quanto a mim. É a última edição desse livro que Lobato fez em vida, na qual Narizinho está corretamente ilustrada de cabelos pretos, pelo menos de cabelos pretos, pois eu e ele nunca aceitamos que tanto Voltolino quanto Belmonte nas edições anteriores tenham criado nossa pequena heroína com os cabelos louros como uma espiga de trigo inglesa, feito a Alice do Carroll!

Ressaltei os tais cabelos pretos, porque é preciso discutir o modo como deveria ter sido ilustrada a pelezinha dela: afinal, o inventor de Narizinho escreveu claramente que a menina tinha a pele *cor de jambo*! Dê uma olhada no Google e veja de que cor é o jambo... Lobato era racista, não era? Então por que ele teria criado sua mais perfeita personagem com a pele da cor do jambo e... da cor da rapadura?! Afinal de contas, ela era neta da Dona Benta ou da Tia Nastácia? Ou de ambas?! Já pensou? No passado, a filha da Dona Benta teria se apaixonado pelo filho da Tia Nastácia e os dois... Bom, deixa pra lá!

O que vale para nossa conversa é que, para o meu menino, a grande personagem de Monteiro Lobato sempre foi Narizinho. Mas todo mundo diz que é a Emília, não é? Bom, como centro de humor, certamente é Emília, sim. Mas quem é a protagonista que faz tudo acontecer? Quem, isolada num sítio com duas velhas, deitada à beira de um regato, usando sua imaginação prodigiosa, vê um peixinho saindo das águas e conversando com um besouro de cartola e bengala? É Narizinho, ninguém mais. Se Emília é a consciência azeda e enfezada de Lobato, a imaginação de Narizinho é o motor que faz tudo se movimentar. Com o poder de sua fantasia, casa-se com um peixinho, faz com que um caramujo "cure" a mudez de sua boneca e tudo o mais. É sua imaginação que constrói toda a saga de Lobato, tudo é Narizinho, tudo é a sua poderosa capacidade de criar mundos. Emília é a virulência de Lobato, talvez represente a própria consciência crítica dele e seus demônios interiores, mas toda a sua obra infantil é desencadeada através da personagem Narizinho. Ele começou inspirado pela Alice do Lewis Carroll, que também adormece ouvindo uma historinha, mas daí pra frente foi sua própria criatividade que passou a comandar. E assim surgiu Narizinho, a pequena rainha do melhor livro dele, que ainda é *Reinações de Narizinho*.

Por causa do despertar dessa paixão, aos poucos a mãe do meu menino e um tio-zangão mais compreensivo fizeram chegar às suas mãos outros livros de Lobato. Logo, seguindo a eles, já no início do ginásio aterrissou-lhe a Coleção Terramarear, da Editora Vecchi, introduzida por *O príncipe e o mendigo*, daquele Mark Twain, que se tornou sua segunda paixão literária. E daí vieram *As aventuras de Tom Sawyer*, e *Huckeberry Finn*, e *Um ianque na corte do Rei Arthur*, e seus contos de humor inigualável, e tudo o mais que aquela coleção oferecia. E como oferecia tesouros! Todas as aventuras de Edgar Rice Burroughs, o criador do improvável Tarzan, Rafael Sabatini, com seu *Scaramouche* e *O Pimpinela Escarlate*, Emílio Salgari, com seu *Sandokan* e seus corsários de diversas cores, e...

E Alexandre Dumas! Ufa, esse foi demais para o meu menino! *Os três mosqueteiros*, *O Conde de Monte Cristo*, *O homem da máscara de ferro*, *Os irmãos corsos* foram devorados com delícia. Cada um desses livros era capaz de preencher um período de férias inteirinho! A poder dessas inspirações, nos intervalos das leituras ele empunhava uma varetinha à frente de algum espelho e, na pele de D'Artagnan, espetava um a um todos os guardas do Cardeal Richelieu...

Mais ou menos a partir de seus 10 anos, as coisas tinham começado a melhorar. Ao progredirem um pouco em seus empregos, primeiro uma, depois outra das parelhas abelhas-operárias/zangões-mansos foram se desgarrando da colmeia, sua mãe, com os três órfãos, mudou-se para a casa que o falecido marido deixara e que estivera alugada, e a colmeia dissolveu-se. Com isso, o meu menino ficou livre da Inquisição.

LIBERDADE!

Liberdade para ler o que quisesse. Só que havia um limite para essa liberdade, porque a biblioteca do ginásio estadual não lhe bastava e ele não podia ficar esperando ganhar de presente todos os livros que desejava nem obter dinheirinhos regulares para todos os filmes que queria assistir, porque infelizmente só há um Natal e um aniversário por ano. Sua mãe continuava pertencendo à classe pobre-alta e ansiando por um dia chegar à classe média-baixa, e ele precisava encontrar uma maneira de comprar os livros que queria ler e para pagar as meias-entradas dos filmes que não queria perder.

E qual foi sua solução? Meu menino nunca foi um bom aluno, pois às vésperas de uma prova de Matemática ele poderia avançar pela noite lendo *Oliver Twist, Grandes esperanças* ou outra novela do tipo. Ia empurrando, tirando boas notas em Português e enrolando nas outras matérias. O dinheiro era curto, mas logo, felizmente, fez-se a luz! Conversa daqui, conversa dali, ele ficou sabendo que alguns colegas das séries anteriores tinham dificuldades em diferentes matérias (principalmente Matemática) e pôs em funcionamento um belo plano: desencavava os livros didáticos que já ultrapassara e desta vez os estudava a fundo, de modo a poder criar aulas de reforço para esses coleguinhas, por estipêndios mais do que módicos. A partir daí seus problemas financeiros estavam resolvidos, pois tanto as meias-entradas dos cinemas quanto as brochurinhas de aventuras não eram tão caras assim. Dava pra ele se virar.

E dá-lhe Júlio Verne e suas viagens tão impossíveis, Edgar Allan Poe e suas novelas tão extraordinárias, *Sir* Walter Scott e seus cavaleiros tão armadurados, Ferenc Molnar e seus meninos da rua Paulo, Bradbury e Azimov com seus futuros e planetas e mundos inatingíveis, Victor Hugo e seus miseráveis e corcundas, até John Steinbeck, seus colhedores de pêssegos e seus pôneis, Charles Dickens e seus excluídos pela Revolução Industrial inglesa, Hemingway, suas guerras e seus mares, além da fase indigenista do meu menino, num tempo em que *Iracema* e *O guarani* não lhe pareciam tão chatos como realmente são, e quando ele se imaginava Ubirajara, mergulhando a mão num formigueiro de lava-pés pelo amor da bela Araci... (só imaginava, é claro!) Nesses dias, ele se sentia mesmo um índio genuíno e decorava *I-Juca-Pirama* inteirinho! Para aplaudi-lo, só restavam eu e o espelho. Ah, e como não citar Veríssimo e seu valente Pedro Missioneiro campeando paraguaios nos pampas gaúchos? E Licurgo Cambará defendendo seu sobrado? E Harold Fast, com seu heroico e trágico *Spartacus*? Emocionante também foi a descoberta de Jack London com seu *Caninos brancos* e seu Alasca congelado, tão perigoso para pequenos lobinhos carinhosos como cãezinhos de madame. Quanta aventura!

Livro de cabeceira do meu menino foi *A ilha do tesouro*, desse fantástico escocês chamado Robert Louis Stevenson, que o apresentou ao mais bem construído narrador-testemunha da história da Literatura: o garotinho Jim Hawkins, que se defrontava com o fascinante pirata Long John Silver. E o que dizer de *Moby Dick*, outro exemplo clássico do narrador-testemunha? E Swift? E Defoe?

Tanta gente bonita! Nessa mesma coleção, meu menino descobriu o elegante ladrão Arsène Lupin, do folhetinesco Maurice Leblanc. Que delícia! E mergulhou nos mistérios dos autores de policiais, gulosamente alimentando-se dos mistérios de Georges Simenon, Agatha Christie e Conan Doyle, outro que lhe ensinou como se constrói um ótimo narrador-testemunha. Havia também uma coleção de livrinhos--coletânea chamada *Ellery Queen Magazine*, com os mais modernos contos policiais. Um melhor que o outro!

Influenciado por esses mestres, inventava até as próprias historinhas de suspense e as escrevia em cadernos, acreditando-se um escritor, veja só quanta molecagem!

E a esta altura eu quero citar uma ocorrência bastante bizarra, pois aqui, do canto da minha estante, eu nunca deixei de testemunhar os lances da vida do meu menino. Foi assim:

Seus proventos com as tais "aulas particulares" é lógico que não eram suficientes para realizar todos os seus sonhos de consumo literário. Por isso, em um caderninho, ele deixava anotadas as próximas aquisições almejadas. Certa vez, estavam ele e sua mãe em visita ao favo de uma das abelhas-operárias/zangões-mansos que haviam se desgarrado, quando o zangão da casa descobriu o tal caderninho e o bisbilhotou. Numa página, lá estava escrito: "Livros que eu quero" e, entre os títulos anotados, constava *O crime do Padre Amaro*. O meu menino havia ouvido falar desse livro e ficara imaginando que tremebunda história policial seria aquela! Certamente de roer as unhas! Vejam só, um padre criminoso! Que horrendo crime teria cometido esse religioso? Assassinado beatas a punhaladas através das gradezinhas do confessionário? Fugido para o estrangeiro levando o castiçal de ouro da missa? Talvez fosse até mesmo um *serial killer* que, encarapitado no púlpito, metralhava os pobres fiéis ajoelhados à sua frente! Quanta emoção o esperava nas páginas daquele livro!

Acontece que, agora longe da colmeia e da supremacia da abelha-rainha, alguns dos tios-zangões começavam a se sentir no direito de zumbir e aquele fez o maior escarcéu! "Esse garoto está perdido!" e "Quem lhe ensinou essas infâmias?" e "Estamos criando um pequeno degenerado!" e "Hilda, você não educou esse moleque?" e "Abominação!" e "Imoralidade!" e "Devassidão!". Todos os adultos alvoroçavam-se, sem saber como impedir que aquele pirralho continuasse a trilhar as mais enlameadas sendas da perdição, e o meu menino ficou perdido no meio de tudo aquilo sem entender absolutamente nada do que estava ocorrendo e com a curiosidade ainda mais aguçada, pois certamente o crime daquele sacerdote deveria ser muito mais interessante do que sua portentosa imaginação conseguiria antecipar!

AH, AS HISTÓRIAS DA COLMEIA!

Mas esse Eça, além do tesão do pobre Amaro pela cheirosa Amélia, oferecia contos e novelas medievais macabras, de arrepiar os cabelos: *A aia, O tesouro, O enforcado, O suave milagre, A ilustre casa de Ramires...* Talvez essa atração pelo medievalismo possa explicar o mistério de o meu menino apegar-se tanto a um autor tão gongórico quanto Herculano, com os seus *O bobo, O monge de Cister e Eurico, o presbítero.* E foi o medievalismo que o acabou levando ao romance que até hoje ele considera o melhor livro da História da humanidade. Qual será ele? Vamos lá.

Ocorreu que, mais uma vez em visita a outro novo favo inaugurado por mais uma parelha desgarrada da colmeia da velha fanática, ele se deparou com dois volumes grandes, artisticamente encadernados em couro, com belas ilustrações a bico de pena que mostravam um velho magérrimo, de armadura, lança e escudo em punho, encarapitado em um cavalo ainda mais magro e acompanhado por um gorducho na sela de um burrico. "Um romance de cavalaria!", pensou ele, excitado, recordando Lancelot, Guinevère e espadas cravadas em pedras. E foi assim que, ainda em meio ao ginásio, o meu menino mergulhou de cabeça nas aventuras de *O engenhoso fidalgo Dom Quixote de la Mancha...* E adorou! (Para economizar um pé de página: esse tio-zangão generosamente permitiu que ele lesse os dois volumões em sucessivas visitas ao favo do casal, cuja abelha-operária fazia um bolo de nozes inesquecível...). Havia carinho, sim, apesar de tudo, havia momentos doces a relembrar. Ele recorda, sem revanche alguma, que, já em seus finais, a avó fanática pedia que ele a visitasse para ler em voz alta os melodramas de *Inocência*, do Taunay.

E lá se foi ele em frente, decorando a virulência dos discursos antiescravagistas de Castro Alves e declamando-os aos berros, para que tanto Andrada quanto Colombo pudessem ouvi-lo, e depois tremendo com os exageros de Augusto dos Anjos, seus cigarros e escarros, e enternecendo-se com os *Capitães da areia* e daí a mais Amado, e logo chegava à adolescência e mergulhava no teatro amador e descobria as maravilhas de Shakespeare, o maior escritor de todos os tempos (para ele, pois para mim o maior é o artista que me escreveu). A partir daí, ele já estava grande, não é? Só então em sua vida entravam Machado, o maior do Brasil (para ele), Graciliano, Dostoievsky, Gorky, Tolstói, Orwell e Huxley e sua paixão pela História, pela Antropologia, pela Sociologia...

O meu menino já não era mais um menino.

Tudo isso acompanhei e continuo seguindo daqui, do meu canto da estante. Nas profundezas da noite, quando o silêncio nos permite, eu e meus companheiros ficamos repassando esses anos todos, as memórias dos bons momentos em que estivemos abertos diante dos olhos do meu menino, fazendo pulsar seu coração mais fortemente, ou arrancando-lhe risos e até algumas vezes fazendo brotarem-lhe lágrimas de emoção. Alguns desses amigos chegam até a disputar entre si, afirmando que foram os mais relidos... Cá entre nós, garanto que fui eu, mas... Ai, ai, ai, lá vem o *Reinações* me mandando calar a boca! E há aqueles que nessas horas calam mesmo suas bocas de papel e encolhem-se nas estantes, porque são os comprados e nunca lidos, além dos revoltados, que foram abertos, mas acabaram abandonados... Olha lá *O amor de Swan* e o *Ulisses*. Puxa, esse fica até vermelho de revolta!

De toda essa trajetória, há décadas muitas lições venho tirando da história da minha vida junto ao meu menino, e concluo que tanto a minha quanto a dele começaram e desenvolveram-se pelo calor do colo de uma pequena mãe e de sua voz contando histórias para seu filho. Por isso, se alguma frase eu poderia criar além das que foram impressas em mim, eu diria que...

COLO DE MÃE É O BERÇO DA LITERATURA.

E pode até ser a gestação de um escritor, por que não?

SOBRE PEDRO BANDEIRA

Nascido em Santos, São Paulo, em 1942, Pedro Bandeira mudou-se para a cidade de São Paulo em 1961. Trabalhou em teatro profissional como ator, diretor e cenógrafo. Foi redator, editor e ator de comerciais de televisão. A partir de 1983 tornou-se exclusivamente escritor. Sua obra, direcionada a crianças, jovens e jovens adultos, reúne contos, poemas e narrativas de diversos gêneros. Entre elas, estão: *Malasaventuras – safadezas do Malasartes, O fantástico mistério de Feiurinha, O mistério da fábrica de livros, Pântano de sangue, A droga do amor, Agora estou sozinha..., A droga da obediência, Droga de americana!* e *A marca de uma lágrima*. Recebeu vários prêmios, como Jabuti, APCA, Adolfo Aizen e Altamente Recomendável, da Fundação Nacional do Livro Infantil e Juvenil (FNLIJ).

A partir de 2009, toda a sua produção literária integra com exclusividade a Biblioteca Pedro Bandeira da Editora Moderna.

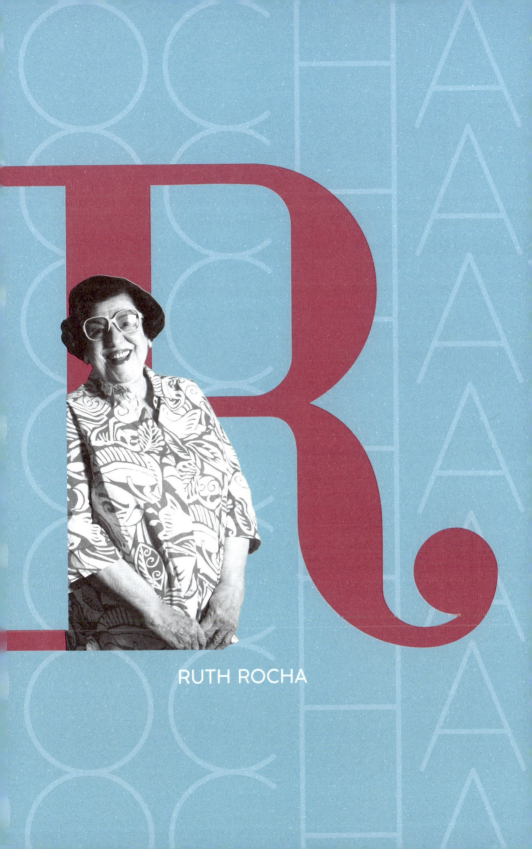

RUTH ROCHA

POR QUE É QUE O ESCRITOR ESCREVE?

▶ Todas as vezes que dou uma palestra, participo de um debate ou de uma entrevista, recebo muitas perguntas. Se o público for infantil, fatalmente as crianças vão me perguntar: "Como é que você tem ideias?". Naturalmente esta pergunta, que na verdade não tem resposta muito confiável, vai me remeter à minha formação, às minhas origens familiares e às minhas leituras. Todos esses estímulos deixaram sementes que germinaram a seu tempo.

Mas todo mundo tem ideias e nem todos escrevem. O que o escritor faz é reconhecer quais as ideias que podem gerar novos pensamentos, seja na direção de uma história, de uma peça de teatro, de um poema, de um ensaio. E o que faz uma pessoa ser capaz de reconhecer este embrião como um organismo viável? Suponho que seja seu espírito crítico adquirido através da leitura de muitos e muitos livros.

Na verdade, minhas primeiras leituras não foram em livros. Foram pessoas que, como os livros, guardavam em si a riqueza da memória, da cultura, do conhecimento, como uma biblioteca, e que me influenciaram como se fossem livros.

Meu avô Yoyô, de origem nordestina, era um grande leitor. E tinha guardada na memória uma enorme coleção de histórias que ele adorava contar às crianças. Histórias da Gata Borralheira, da Branca de Neve, da Chapeuzinho Vermelho, do Patinho Feio, da Menina dos Fósforos, das Mil e uma noites. Histórias folclóricas brasileiras de coelhos e cágados, de onças e veados.

E de macacos? Quantas! Essas histórias eu ouvi durante toda a minha infância, muito bem contadas e ilustradas com caretas, vozes estranhas e até com danças improvisadas. Eram livros, na verdade, e certamente influenciaram a oralidade do meu estilo e influenciaram minhas ideias.

Outras pessoas também me contaram histórias: meu pai, minha tia Nila, minha vovó Neném. Meu pai, além das histórias, conversava muito com os filhos. Nos fazia perguntas, mas respondia às nossas perguntas; nos explicava tudo. Até a Segunda Guerra Mundial ele nos descreveu mostrando no mapa onde a guerra acontecia.

Mas minha mãe foi minha segunda biblioteca. Desde muito pequenas, eu e minha irmã ouvimos histórias lidas pela nossa mãe. Ela era apaixonada por livros. Sempre que saía, voltava com algum livro para nós. Um dia ela trouxe nosso primeiro Lobato. E então — delícia das delícias — começamos a ouvir as histórias da Emília, Narizinho, Pedrinho e toda a turma do Sítio do Picapau Amarelo, até o dia em que finalmente aprendi a ler e comecei a ler aqueles livros sozinha.

Devo muito a Lobato. Na verdade, devemos todos. Devemos a ele a invenção da Literatura Infantil brasileira. Lobato introduziu na nossa literatura moderna os princípios que hoje são as características principais da própria literatura moderna para crianças.

O humor de Lobato, por exemplo, sempre presente nas suas obras, era irresistível.

O Visconde pergunta à Emília:

— Quem é você?

E ela responde:

— Eu sou a independência ou morte!

Antes dele não havia quase humor na literatura.

Os modernistas e Lobato introduziram o humor nos contos e nas poesias.

Outra característica de Lobato era a discussão de temas adultos nas histórias infantis. Guerras, petróleo, até filosofia eram abordados por ele com a maior simplicidade.

Antigamente se dizia: crianças são para serem vistas, não para serem ouvidas. Pois Lobato introduziu o diálogo com as crianças.

E a valorização da presença feminina? As principais personagens do "Sítio" são mulheres. Dona Benta, tia Nastácia, Narizinho e Emília.

A valorização da cultura popular também é uma característica de Lobato: o Saci, a Cuca, tia Nastácia, tio Barnabé.

Embora Lobato tenha tido atritos com os modernistas, sua linguagem é moderna e informal como a deles.

Então entraram na minha vida os quadrinhos. Naquele tempo era mais ou menos proibido ler histórias em quadrinhos.

Mas na minha casa os quadrinhos eram aprovados.

Nós tínhamos conta no jornaleiro e comprávamos tudo que queríamos.

E líamos Mandrake, Ruthinha, Lindinha e o Ferdinando, que naquele tempo era Li'l Abner, Tarzan, Bronco Piller e Príncipe Valente.

Quando eu tinha uns dez anos, ganhei uma salinha para estudar, que era só minha. Tinha uma escrivaninha e uma estante, cheia de livros. Lá eu descobri muitas coisas. Mas acho que a mais importante de todas foi o livro *Cantadores,* de Leonardo Mota. Era uma coletânea de versos, desafios, improvisos de cantadores do Nordeste. Confesso que eu não entendia bem aquele livro. Mas descobri nele pérolas da poesia popular. Foi lá que me familiarizei com a métrica da redondilha, que se tornou em mim como que uma segunda natureza. Que delícias eu descobri naquele livro:

Eu andei de déu em déu
E desci de gaio em gaio…
Jota a-Já, queira ou não queira,
Eu não gosto é de trabaio…
Por três coisa eu sou perdido:
Muié, cavalo e baraio!

Esta forma apareceu na minha obra diversas vezes:

As coisas que a gente fala
Saem da boca da gente
E vão voando, voando
Correndo sempre pra frente
Entrando pelos ouvidos
De quem estiver presente...

Aos 13 anos aconteceram na minha vida duas coisas muito importantes. No Colégio Bandeirantes, um professor de português, Aderaldo Castelo, de quem nunca vou me esquecer, nos propôs um trabalho: a leitura de *A cidade e as serras*, de Eça de Queiroz, e a entrega de um texto sobre o livro. Ele, na verdade, contou muita coisa a respeito da história, de maneira que fiz o trabalho... sem ler o livro *A cidade e as serras*. Quando vieram as notas, eu tinha tirado a nota mais alta da classe: oito. Não fiquei nada orgulhosa com isso. Fiquei morta de vergonha e em seguida li o livro, como uma espécie de penitência. Mas acontece que eu adorei a leitura. Logo percebi que aquele livro era muito diferente dos que eu vinha lendo, e então passei a procurar por esse outro tipo de livro. Foi assim que comecei a ler literatura. De saída já fui lendo todos os livros de Eça de Queirós que encontrei.

Outra coisa que me aconteceu neste ano de 1944 foi que minha irmã, que já estava no que hoje seria o ensino médio, foi se inscrever na Biblioteca Circulante, uma parte da Biblioteca Mário de Andrade, que ficava na avenida São Luís. Fui junto com ela e me inscrevi também. Naquele tempo a gente entrava no depósito para escolher os livros. Quando entrei naquele imenso salão, com livros até o teto, de todas as cores, de todos os tamanhos, me dei conta de quantos livros havia no mundo.

Naquele dia me impus uma missão: ler todos os livros que existiam. Eu marcava uma letra e ia lendo os livros um por um. Quando encontrava uma falha na estante e me dava conta de que alguém tinha retirado um livro, ficava muito aborrecida.

Li grande parte da estante da letra "S": Paulo Setúbal, Steinbeck e outros de que não me lembro mais.

Um dia descobri que, em vez de levar um livro de cada vez, eu podia levar dois, desde que um deles fosse o que eles chamavam de classificados, que eram livros de história, de geografia, de poesia, de tudo que não fosse ficção. Agora eu podia ler até quatro livros por semana! Foi a minha entrada no mundo da poesia. Minha mãe e meu avô Yoyô recitavam muito, Olavo Bilac, Castro Alves, Raimundo Correia, Conçal ves Dias e outros. Mas então eu passei a ler poesia por mim mesma. Descobri outros poetas e fui gostando cada vez mais de ler poesia.

Desde o segundo ano do primário, que hoje se chama ensino fundamental, até o primeiro ano do clássico, que hoje se chama ensino médio, estudei no Colégio Bandeirantes, de onde guardo as melhores lembranças. Mas a nossa família se mudou e eu passei para o Colégio

Rio Branco. Lá, novamente, tive três pessoas que foram como três livros para mim. O professor Eduardo França, de História, me ensinou o que é uma narrativa. Ele falava tudo de maneira tão bonita, fluente, amarrada, que guardei durante anos os cadernos com a matéria dele. O professor Salles Campos me ensinou a amar ainda mais a literatura; ele nos fazia ler muito e contar o que líamos ou até contar casos ou ler poesia. Com sua voz possante e com seus gestos largos, ele mesmo recitava ou lia trechos de vários livros, o que me encantava e me dava vontade de ler todos aqueles livros que ele citava. E o professor Penna, João Batista Damasco Penna, me ensinou o que é elegância de ser, de pensar, de falar, elegância nas atitudes e opiniões. Ele sempre recomendava os livros de Machado de Assis e Eça de Queirós. E eu os li, quase todos. Uma vez desenhei um personagem de um livro de Eça de Queirós. Ele viu, gostou e me pediu o desenho. Anos depois nos reencontramos e ele me mostrou o desenho que ainda guardava.

Esta foi a época em que eu mais li na minha vida. Apaixonei-me pelos modernistas: Fernando Pessoa, Manuel Bandeira, Mário de Andrade, Oswald de Andrade. Nessa ocasião li um livro que mudou a minha vida, *Casa-grande e senzala*. Por causa desse livro fui fazer Sociologia e Política. Gilberto Freire me mostrou a importância da Sociologia e desenvolveu meu amor pela História. Na Escola de Sociologia e Política, o que mais aprendi foi a detestar o preconceito, e como é odioso, covarde e burro, o racismo. Também comecei a estudar psicologia e acho que foi aí que aprendi a respeitar as diferenças e a compreender os sentimentos dos outros. Na verdade, eu já trazia na minha educação essa tendência, pois minha mãe tinha essa qualidade.

Formada, fui trabalhar com psicologia, como orientadora educacional do Colégio Rio Branco, onde fiquei durante quinze anos. Daí minha compreensão das dificuldades, diferenças, problemas e carências não só das crianças como dos seus pais. Esses conhecimentos me deram régua e compasso para escrever para crianças.

Foi nessa época que comecei a escrever, ainda como orientadora, artigos sobre educação para a revista *Claudia*, que estava se renovando, com colunistas importantes que falavam, por exemplo, sobre a condição da mulher, uma fase muito boa das revistas da Abril. A Abril também estava criando uma revista infantil e fui convidada para ser orientadora pedagógica dessa revista e logo depois me convenceram a escrever uma história para crianças. Na verdade, a diretora da revista me trancou com uma máquina de escrever e um monte de papel numa sala, e foi assim que eu escrevi minha primeira história.

Meu primeiro conto foi *Romeu e Julieta*, que, como não podia deixar de ser, falava sobre preconceito e racismo. Continuei a escrever e minhas primeiras histórias estavam ligadas à experiência como orientadora: a criança que não quer emprestar a bola deu origem a *O dono da bola*; a importância da colaboração entre as pessoas foi inspiração para *O piquenique do Catapimba*; o respeito às regras foi o mote para *Armandinho, o juiz*.

O absurdo da censura e do autoritarismo da ditadura e a importância da liberdade inspiraram *O reizinho mandão*, *O rei que não sabia de nada*, *O que os olhos não veem*, *Sapo vira rei, vira sapo*.

Minhas vivências pessoais influenciaram também minhas histórias: *Quando comecei a crescer* é uma história real, que aconteceu comigo; *A menina que aprendeu a voar* veio da minha observação de crianças que conseguiam se destacar, liderar seus companheiros; as questões femininas inspiraram *Procurando firme* e *Faca sem ponta, galinha sem pé*; a guerra fria, *Dois idiotas sentados cada qual no seu barril*.

A versão da *Declaração Universal dos Direitos Humanos*, que lancei na sede da ONU em Nova York, onde também lancei *Azul e lindo:*

planeta Terra, nossa casa, mostra minhas preocupações com os direitos humanos e com o planeta, ou melhor, com a vida no planeta. Ainda escrevi, sobre esses temas, *O menino que quase morreu afogado no lixo, Quem vai salvar a vida?, Rubens, o semeador* e outros.

A política ainda me inspirou a escrever *Uma história de rabos presos,* que eu lancei no Congresso Nacional, com a presença de políticos de primeira grandeza: Fernando Henrique Cardoso, Mário Covas, Plínio Sampaio e muitos outros que lutaram contra a ditadura.

Mas eu já falei demais sobre como se tem ideias. Vamos à pergunta que mais me fazem quando falo a adultos: "Por que é que o escritor escreve?".

Nossa querida escritora Lya Luft dizia: "Há temas que se repetem, perguntas que se perpetuam, inquietações que coincidem entre o escritor e seus leitores, entre quem dá algum depoimento e quem assiste. Por que você escreve? É a primeira e universal indagação".

Marguerite Duras, a romancista francesa, afirma: "Posso dizer o que quiser, nunca saberei por que a gente escreve".

Friedrich Durrenmatt, o grande teatrólogo suíço, diz: "Quero incomodar, inquietar, destruir as ideias feitas, atacar os poderes, mas detesto enviar mensagens".

A grande poeta paulista Renata Pallottini confessa:

"Escrever as chaves

Só depois

Saber o que elas abrem..."

Este é um pequeno texto que escrevi quando me pediram que eu explicasse por que escrevo, porque não acho justo devassar os motivos dos outros e não falar de minhas próprias perplexidades:

"Mais difícil do que escrever ficção é, certamente, escrever sobre a realidade. Mais difícil do que inventar é, na certa, lembrar, juntar, relacionar, interpretar-se. Explicar-se é mais difícil do que ser. E escrever é sempre um ato de existência. Quando se escreve conta-se o que se é. Parece que se inventa, mas não: vive-se. Parece que se cria, mas na verdade aproveita-se. A história como que está pronta dentro da gente. É como a pedra bruta, da qual o escultor tira os excessos. O que sobra é a obra. No espírito, no fundo, no íntimo, a história espreita. Ela existe antes que o escritor suspeite. A história é mais real do que qualquer explicação. A realidade do que sou está mais no que escrevo do que nas racionalizações que eu possa fazer."

Escrever é fatalidade e vontade, alegria e é dificuldade. É realidade e é sonho. É vocação e é escolha. A nós cabe continuar tentando iluminar a realidade que pressentimos; explicar o mundo é tentar modificá-lo. Contar as tristezas, mas perseguir a alegria.

Já contei como tenho ideias e por que eu escrevo. Tenho escrito e publicado muitos livros no Brasil e em outros países, em português e em outras línguas. Percorri todo o Brasil fazendo palestras, dando entrevistas, respondendo às perguntas das crianças, participando de congressos e feiras, convivendo com meus leitores, que hoje têm todas as idades. Os mais velhos leram meus livros na infância e hoje contam minhas histórias para os filhos e netos.

Eu olho para trás e, apesar da minha idade, ainda olho para a frente e chego à conclusão de que a profissão que escolhi, ou que me escolheu, me fez muito feliz.

SOBRE RUTH ROCHA

Ruth Rocha nasceu em São Paulo em 1931. Foi orientadora educacional e editora. Escreveu vários artigos sobre educação para a revista *Claudia*, da editora Abril, e, em 1969, começou a criar histórias infantis para a revista *Recreio*. Em 1976 teve seu primeiro livro editado. De lá para cá publicou mais de cem livros no Brasil e vinte no exterior, em dezenove idiomas. *Marcelo, marmelo, martelo* é um de seus livros mais conhecidos, considerado um marco da literatura infantojuvenil no Brasil.

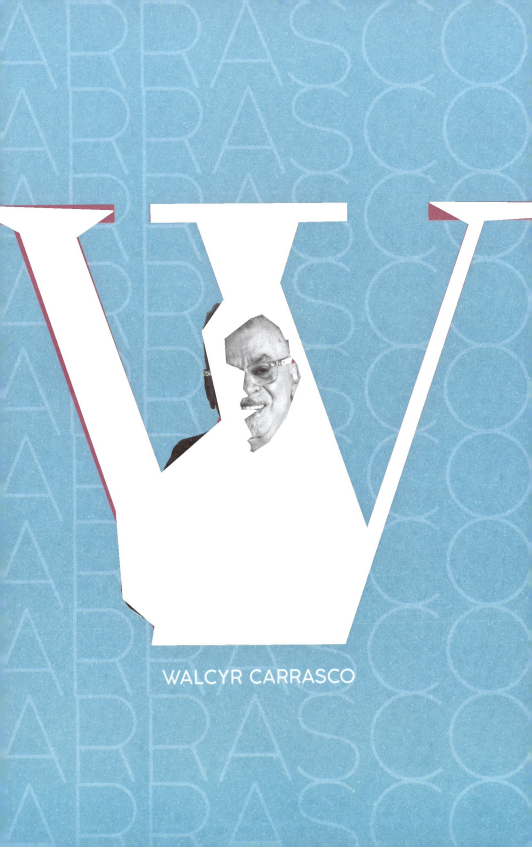

A HISTÓRIA DE UMA PAIXÃO – DE LEITOR A AUTOR

▶ Sempre vivi com a sensação de que sou beneficiado, seja por alguma força superior ou por meus movimentos interiores. Digo força superior em respeito à crença (ou descrença) de cada um. Mas, durante toda minha vida, tive amigos e conhecidos que, aos 30, 40 anos, ainda procuravam um destino. Alguns chamam de lenda pessoal. Outros, práticos, de vocação. Para mim, foi tão diferente! Meu amor pelos livros teve início quando eu era menino. Soube, com toda a certeza, que queria viver cercado por eles e, principalmente, escrevê-los. Esse amor brotou instantâneo, intenso, como acontece com o viajante que, ao dobrar uma curva, se depara com uma paisagem magnífica e surpreendente. Eu tinha cerca de 11 anos de idade. Meus pais, João e Angela, não possuíam o hábito da leitura. Ele ferroviário, ela pequena comerciante e dona de casa. Família modesta. Morávamos em Marília, interior de São

Paulo, no início da década de 1960. Hoje, a cidade cresceu e tornou-se um centro estudantil. Na época, nem havia transmissão de televisão. Meu universo era limitado, como o da maior parte dos garotos de lá. À noite, as crianças brincavam na rua, enquanto os casais, sentados às portas das casas, conversavam. Eu sei que é uma imagem bucólica, idealizada da vida no interior paulista em tempos mais pacíficos. Mas era assim, como digo. Uma vida calma, sem sobressaltos, mas, também, de sonhos limitados, simples. Meus avós, todos, eram imigrantes espanhóis que vieram para trabalhar na agricultura. Meus pais trabalhavam muito, e seu sonho máximo era a casa própria. Também acreditavam na importância da escola. Os filhos tinham que estudar. Ai de nós se tirasse nota baixa! Eu morava em uma esquina, minha amiga Heloísa na outra. Era comum a venda de livros de porta em porta. Os vendedores vinham de São Paulo, com catálogos, e batiam nas portas, oferecendo os títulos em encadernações em couro. Folheadas a ouro ou prata. Considerava-se elegante ter uma coleção de livros bem bonitos nas estantes das salas. Mas só entre os mais ricos. Alguns, muito ricos, nem compravam os livros. Mandavam fazer as lombadas de madeira, só para enfeitar. Minha família estava distante de ser rica. Nem tínhamos estante, e um dos pés do sofá da sala era apoiado em tijolos. O pai de Heloísa era professor, filho de médico. Sua família não tinha dinheiro, mas uma proximidade maior com a leitura. Seu Renato dava aulas para crianças do primeiro grau, hoje ensino fundamental, em uma fazenda. No quarto dos garotos, irmãos de Heloísa, havia uma estante com coleções encadernadas. Entre elas, a de Monteiro Lobato. Heloísa, eu e Fernando, seu irmão caçula, brincávamos de teatrinho, usando os guarda-chuvas e sombrinhas da casa como sóis. Não sei como brotou a curiosidade. Um dia, diante da estante, olhei a coleção de Monteiro Lobato, encadernada em couro verde, com letras prata. Perguntei:

— Me empresta um livro?

— Leva este aqui, é o primeiro da coleção — ela disse.

Assim, voltei para casa com *Reinações de Narizinho*. Como disse, nem lembro o motivo pelo qual surgiu o assunto e a vontade de levar o livro. Eu já gostava muito de ouvir histórias de fadas. Ao passar em primeiro lugar no primeiro ano, ganhara um exemplar de *Simbad, o marujo*. Possivelmente, Heloísa fez algum comentário sobre Lobato ou o livro, que me despertou a curiosidade. Comecei com *Reinações*, que me pareceu um livro muito grosso, talvez impossível de ler. Depois de algumas páginas, estava mergulhado em seu mundo fascinante. Não demorou muito, devorei a coleção inteira.

Posso afirmar que Monteiro Lobato foi tão importante na minha formação como a educação que meus pais me ofereceram. E também a que recebi na escola. Um livro pelo qual alguém se apaixona é assim: transmite valores e uma forma de pensar.

Lobato fez com que eu fosse transportado de um universo limitado para um mundo mágico construído por palavras, repleto de ideias libertadoras.

Ele me fez pensar. Até então, muito do que eu ouvia e acreditava vinha de alguém mais velho. Eu pensava por meio de frases feitas, conceitos transmitidos como expressões da verdade. À medida que me apaixonei por Lobato, passei a ser influenciado pela boneca Emília. Integralmente. Questionava o que me diziam, as verdades absolutas que, descobri, não eram tão verdades assim. Emília é uma das grandes personagens femininas da Literatura Brasileira, na minha opinião. Um dos meus livros prediletos até hoje é *A reforma da natureza,* no qual a boneca resolve mudar o mundo. Arranca pernas até das pobres centopeias, que, segundo Emília, não têm motivo para possuírem cem pés. Cria o livro *gourmet,* para ser comido à medida que se lê. (Mais tarde Dona Benta conversa com Emília e explica que muitos livros, sim, devem ser guardados.) Eu convivia com as ideias da boneca Emília como se fosse uma amiga próxima. Minha personalidade ganhou novos contornos. Por que as coisas tinham que ser assim ou assado? Era o que eu me perguntava, o tempo todo.

Minha mãe se surpreendeu. Sentiu uma transformação nítida em meu modo de ser. Ela só estudara durante três anos. Parou de ir à escola, menina, no antigo primário, para colher algodão. Adulta, aprendeu com as experiências do dia a dia. Talvez por ser pequena comerciante, era boa de números, contas, catálogos. Tentava entender minha mudança. Então, como se diz, "caiu a ficha". Os livros! Eu terminara a coleção de Lobato. Emprestada. Ganhei o direito a formar minha própria coleção de Lobato, comprando um livro por mês. (Tenho até hoje esses belíssimos volumes com capas coloridas.) Foi fácil para minha mãe deduzir que a principal influência de minha vida vinha dos livros. Mamãe até então não tinha o hábito da leitura. Resolveu ler Lobato, interessada em descobrir como um garoto tímido e silencioso transformara-se em "perguntadeiro" e cheio de opiniões. Leu, leu, e gostou. Também entendeu. Um dia, lamentou-se em voz alta:

– Você era um menino tão quietinho! Depois que conheceu a Emília, ficou igual a ela, respondão!

Tarde demais. O questionamento já impregnara na minha personalidade. Devorei também a estante inteira do pai de minha amiga. Incluindo as obras do Lobato adulto. Como disse no início desse texto, já não tinha mais dúvidas. Queria viver nos livros, cercado por livros, escrevendo livros. Uma editora, para mim, era um lugar quase sagrado; um escritor, alguém especial, a quem admirava como outros garotos os super-heróis.

Passei a afirmar: Quando crescer quero ser escritor, como Monteiro Lobato.

A família se preocupava. Eu sobreviveria como escritor?

– Você pode ser escritor – dizia meu pai –, mas vai viver do quê?

A vontade de ler tornou-se parte da minha vida. Ouvi falar que a cidade tinha uma biblioteca. Descobri onde era. Pequena, escura e silenciosa. Entrei.

– Eu queria um livro – expliquei.

– Que livro? – perguntou o bibliotecário.

Eu não sabia responder. Só consegui exclamar:

– Livros!!!

Ele sorriu. Pediu que eu esperasse. Voltou com três livros pequenos, para minha idade. Sentei-me e li, li. A tarde toda. Sumi. Mamãe quase chamou a polícia. Todos saíram me procurando pelas ruas. Só fui descoberto horas depois por meu irmão. Eu havia desaparecido por horas. Mamãe preocupada. Levei bronca por sumir sem avisar. Mas agora eu sabia onde era a biblioteca!

As condições financeiras de minha família eram muito modestas. Mas presente de Natal ou aniversário, para mim, também eram livros. Tenho até hoje os volumes dos *Contos de Andersen*, com belíssimas ilustrações, que ganhei nessa época. Os contos nunca saíram da minha cabeça, e, mais tarde, fiz questão de escrever minha própria versão. Tornei-me um franco-atirador literário. Simplesmente devorava o que aparecia.

Fundamentado por minha própria vivência, hoje, acho muito discutível dizer que um livro não é adequado para determinada idade. Não creio que os livros estejam divididos entre bons e ruins, mas entre aqueles que fascinam ou não um leitor em dado momento de sua vida.

O hábito da leitura implica um processo de sedução. Os primeiros livros têm, por assim dizer, que "fisgar" o leitor, para que mais tarde ele se disponha a usufruir dos mais complexos. Quando alguém cria uma relação intensa e profunda com os livros, ler se torna parte de sua vida. Li *Gabriela*, de Jorge Amado, aos 13 anos. E, depois, toda a sua obra. Claro que, para um adolescente, Gabriela naquele momento era... hum... Vou usar a palavra "instigante", para evitar alguma mais erótica. Eu estava descobrindo minha sexualidade, e Jorge Amado enchia minha cabeça de fantasias. E, não nego, meu corpo. Pode parecer exagero, mas foi um livro de formação. Eu vivia em um ambiente restrito, com conceitos morais rígidos. Em *Gabriela*, são contrapostos dois modos de ver a vida. O do coronel, que mata a mulher ao ser traído, e o do turco Nacib, que perdoa a traição de Gabriela. O livro foi tão forte para mim que, há poucos anos, eu o adaptei para a televisão. Simplesmente era uma obra que eu queria muito fazer. Quando soube do projeto, abri mão de minhas férias para escrever o roteiro da nova versão desse livro.

Ainda em Marília, passei também a pedir emprestados livros de amigas da mamãe, possuidoras de coleções encadernadas. Houve um episódio quase trágico e outro deliciosamente malicioso. Começarei pelo malicioso. Uma delas tinha a coleção completa de *As mil e uma noites*. Até então eu só conhecia adaptações, muito infantilizadas. Não sei dizer a que tradução eu me refiro agora. Mas era boa, mantinha a história original na íntegra. (Embora provavelmente a partir do francês e não do árabe, como a publicada atualmente.) Era erótica. Comecei a ler no quarto, de portas fechadas! Mas minha mãe, oh! Também havia criado um interesse pelos livros e acompanhava os que eu gostava. Suspeitou da porta trancada. Quis ler também. Assustou-se:

– Você não tem idade para ler essas coisas.

Tomou-me. Reclamou com a vizinha, que me emprestara. E, traidora, leu toda a coleção. Em breve, havia um movimento de senhoras do bairro lá em casa, pedindo emprestados e devolvendo os volumes. Faziam seus comentários em voz baixa. Sherazade povoou a imaginação daquelas mulheres! Passavam a tarde com os livros nas mãos, conversando. Eu era expulso, se tentava ouvir. Afinal, era assunto só entre mulheres! Até hoje eu me pergunto quantas daquelas senhoras passaram a ser leitoras, fascinadas por aqueles primeiros livros. Outros romances devem ter entrado em suas vidas, já sob um novo olhar.

Descobriram o prazer da leitura. E que o livro não se tratava apenas de um enfeite na estante. E que a leitura não era uma obrigação árdua, imposta aos filhos, na escola. Ou para o vestibular. Mas que os livros continham a possibilidade de conhecer outras vidas, voar da cidadezinha do interior para atravessar os desertos árabes, encontrar princesas raptadas por piratas, governantas apaixonadas por patrões, milionárias empobrecidas, e até um homem em dúvida se a esposa traiu ou não, como é nosso Bentinho de *Dom Casmurro*. Sobre Capitu, cada um tem sua opinião e assim há de continuar para sempre.

Um livro, para mim, tem que mexer com a emoção, com o riso ou a lágrima. Com o sentimento de superação. Tem que proporcionar uma experiência boa. A criação de um sentimento prazeroso propicia o hábito da leitura. Muitas vezes, na sala de aula, o livro surge como uma imposição, como um inimigo a ser enfrentado, eliminado o mais rápido possível da vida do estudante.

Para essas mulheres, que transformaram *As mil e uma noites* em objeto de fofocas, não importou a curiosidade erótica que as levou a ler. Estou certo de que os livros ganharam um lugar soberano na vida de muitas delas.

Houve também uma história quase trágica. Mostra o impacto emocional que um grande livro pode causar. Uma vizinha emprestou-me uma tradução de *O morro dos ventos uivantes*, de Emily Brontë. Tão linda que, confesso, nunca devolvi. É ilustrada por xilogravuras e guardo até hoje com carinho. E também com um sentimento de justiça, pois a proprietária deixava o livro embaixo do sofá. Salvei o volume! Confesso: quando um livro é apaixonante, meu desejo é guardá-lo como algo precioso. A simples visão do título me desperta lembranças da história, dos momentos de cumplicidade para com o escritor. Logo após eu ter lido *O morro dos ventos uivantes*, foi a vez de mamãe. Agora lia tudo o que eu lia! Na época, estava grávida de meu irmão mais novo. Um filho temporão, com 12 anos de diferença em relação a mim. Impressionou-se com a cena em que Heathcliff, o herói-vilão que retorna anos depois ao local onde foi criado. E descobre que seu grande amor, Catherine, morreu. Exuma seu cadáver para tê-la nos braços mais uma vez. Acredito que mamãe não tivesse noção da existência de paixões tão intensas e trágicas. Ficou de cama, emocionalmente envolvida com a história. Temeu perder o bebê, os sentimentos em ebulição. Um livro pode causar impactos emocionais profundos, não é?

Ler é compartilhar sentimentos, experiências, a imaginação e os lados luminosos, mas também obscuros, do autor. Entregar-se a um livro é estar presente em outras vidas.

Mamãe teve a tal crise de nervos, comentada ainda muitos anos depois. Presa nas emoções dos personagens de uma charneca inglesa, em um mundo muito distante do seu. Mas que, em seu coração, ela compartilhou.

Eu estudava em uma escola pública. Também lá, abriu-se outra frente de leitura. Minha professora de português, dona Nilce, passou a andar pelos corredores com um carrinho cheio de livros. Entrava na classe, chamava os alunos em ordem alfabética. Cada um escolhia o livro que preferisse. Não havia trabalho obrigatório. Nem mesmo perguntas a respeito de cada texto. Só a liberdade de escolher. O que fez, foi por intuição. A simples exposição dos livros, o direito de escolha, sem a obrigação de um trabalho para ganhar pontos, formou novos leitores. Muito mais tarde, já adulto, encontrei um grande amigo da época de escola. Engenheiro. Comentou:

– Sabe, aquela época em que a gente lia bastante ajudou muito na minha carreira. Sempre tive facilidade para escrever relatórios, documentos, planos de trabalho.

Imagino o esforço que minha professora fazia para transportar tantos volumes pelos corredores, escadas acima e abaixo. Mas o fez com sabedoria, ao instituir o direito de escolha entre os alunos. Eu acredito, sim, nesse direito.

É melhor alguém optar por um livro aparentemente "ruim", mas que lhe provoque interesse, do que ser forçado a atravessar arduamente as páginas de um título imposto de cima para baixo. Sempre repito quando dou palestras para educadores: livro não é remédio, que deve ser engolido à força.

Discordo da concepção de que um leitor só se forma a partir de livros "bons". A experiência da leitura é sólida quando proporciona um contato emocional intenso. Recentemente estive no prêmio Vivaleitura, do MEC e do MinC. Participei de um debate com os finalistas, educadoras de todo o país, responsáveis por projetos importantes de incentivo à leitura. Uma delas contou:

— Comecei a gostar de ler por causa das fotonovelas.

Para quem não sabe, fotonovelas eram revistas com histórias de amor. Apresentadas em fotografias, como histórias em quadrinhos, cena a cena. Os atores-modelos fotográficos faziam expressões dramáticas. Nuvenzinhas com as falas. No final, o beijo entre herói e heroína! As revistas especializadas, como a *Sétimo Céu,* mostravam amores intensos, vilãs, paixões impossíveis. Estavam muito distantes do que se considera boa literatura. Nem tinham essa pretensão. Eram só honestas e simples histórias de amor, com um público fiel e romântico. Realmente, fiquei feliz ao ouvir a educadora contar que se apaixonou pela leitura a partir das fotonovelas. O hábito de ler nasceu aí, e ela não parou mais. Reforçou minha certeza de que a formação de leitores está relacionada com uma experiência a ser desfrutada. À medida que o leitor se sofistica, exige livros mais elaborados, que o façam pensar, refletir sobre a vida e a condição do ser humano. Foi o que Lobato fez comigo quando eu era pré-adolescente, quando li meus primeiros livros. Não foi a partir da Emília que passei a olhar a vida de forma diferente?

Minha mãe era presbiteriana, e meu pai, de família católica, não frequentava a igreja. Mas até a *Bíblia* eu aprendi a desvendar com o interesse e a beleza de quem lê um romance. É interessante como o Antigo Testamento, documento literário milenar, traz histórias com estruturas narrativas e psicológicas que até hoje usamos. Uma delas é a de José e a mulher de Potifar. Resumindo: apaixonada pelo belo rapaz, escravo de seu marido, ela tenta seduzi-lo. José, por fidelidade ao amo, resiste. Ela então rasga as próprias roupas. Quando o marido chega em casa, ela acusa José de tentar violentá-la. José volta a ser vendido como escravo. Humm... convenhamos. Quantas vezes essa cena não foi repetida, e continua sendo, em filmes e novelas? A vilã finge que o herói tentou agarrá-la à força. Este é castigado injustamente. Mais tarde levará a melhor. Estruturas narrativas como essa são impactantes. Também estruturam nossa maneira de pensar e, em consequência, de agir. Não só de forma individual, mas em toda a civilização judaico-cristã. Há belas histórias, mesmo em um livro fundamentalmente religioso, como a *Bíblia*. Histórias que emocionam e tratam de um dos grandes temas da literatura: a luta entre o lado obscuro e luminoso de cada um e a capacidade de superação, mesmo em situações difíceis. Davi não venceu o gigante Golias? Quantos problemas enormes não somos obrigados a superar ao longo de nossa vida?

Foi positivo, hoje reconheço, não ter tido pais repletos de teorias sobre o que se deve ou não ler. A não ser no malicioso episódio de *As mil e uma noites*, que fez muitas donas de casa de Marília sonharem com sultões, eu tinha liberdade. Como na maior parte das vezes mamãe lia os livros depois de mim, ela só comentava que "era muito forte!" para minha idade. Tarde demais! Eu descobria títulos e autores em conversas. Falar de livros fazia parte de meu cotidiano, e, simplesmente, quem gostava de ler dividia seus interesses comigo. Às vezes, eu descobria um autor somente pela curiosidade que surgia em alguma informação aleatória. Desfrutei Graciliano Ramos, José de Alencar e Machado de Assis antes dos 15 anos. E Guy de Maupassant, Flaubert, Jane Austen. Ao lado de Júlio Verne, Kipling e da Condessa de Ségur, inesquecível autora francesa de livros infantis, hoje menos lida por aqui. Descobri Kafka por causa de uma professora substituta, impactada por *Metamorfose*. Conversou comigo no corredor, por saber que eu gostava de ler, impressionada pela transformação da personagem em inseto. Corri até a biblioteca pública para buscar!

O prazer que esses livros me proporcionaram prolongou-se por toda a vida. A alguns, eu sempre quis voltar. Tanto que, em determinado momento, quando já tinha muitos livros publicados e era um nome conhecido da televisão, concluí: preciso escrever melhor.

E me dediquei à tradução e à adaptação de alguns títulos que marcaram minha adolescência: a obra de Júlio Verne; *Dom Quixote,* de Cervantes; *A Dama das Camélias*, de Alexandre Dumas Filho; *Os miseráveis*, de Victor Hugo; *O médico e o monstro*, de Robert Louis Stevenson. Aprendi a me tornar um leitor diferente. Mergulhei nas obras, descobri a arquitetura única de cada autor. É uma maneira intensa de travar contato com um livro. Mas, posso garantir, inesquecível.

Suspeito muito de livros que contêm uma mensagem explícita. Quase como uma fábula de Esopo, com a moral no fim. Ou textos preocupados em dar conselhos, ensinamentos. Objetivos como bulas de remédios. A trama é apresentada como um teorema matemático. Criada para se chegar àquela conclusão. Lembro que li, muito cedo, *E o vento levou* (mamãe também, óbvio). Analisada friamente, a trama é racista. É contra o fim da escravidão nos Estados Unidos. Mostra a formação da Ku Klux Klan, a partir de uma tentativa de ataque sexual executado por um negro contra a protagonista, Scarlett O'Hara. De que lado o leitor fica? Mas Scarlett é, sim, uma grande personagem. Não foi por devorar *E o vento levou*, ainda adolescente, que me tornei conservador. Eu admiro até hoje Scarlett, sua personalidade e coragem de lutar contra as convenções. A luta pelo direito de ter sua própria vida. Também, em certa época, apaixonei-me por *Pimpinela Escarlate*. Nunca mais encontrei os livros sobre esse herói que defendia os aristocratas contra os supostos malvados que fizeram a Revolução Francesa! Nesses volumes, os aristocratas eram mostrados como anjos. Os revolucionários, como demônios. Não é possível que haja personagem mais reacionária. Ser contra a Revolução Francesa é demais! Mas os livros eram tão emocionantes que eu adorava lê-los! Nem por isso fui contra a Revolução Francesa. Imaginem! Ao contrário: tenho o pendor de gostar de revoluções e revolucionários. Influência da Emília, certamente!

Bobagem dizer que um livro torna alguém, mesmo em formação, isso ou aquilo. Ao longo da vida, lemos vários livros que nos ajudam a compor um painel próprio, a pensar o mundo sob uma ótica individual.

Um livro não deve ser escolhido em função de alguma mensagem a ser enfiada com uma cunha na cabeça dos pobres leitores. Qualquer tema pode ser debatido. Outros livros se seguirão, compondo esse painel multifacetado.

Quando menino, meu maior sonho, depois de tantos livros, era possuir uma estante. So pudemos comprá-la três anos depois de minha iniciação à leitura, em uma loja de móveis usados. Lembro com carinho do pequeno móvel, com apenas três prateleiras, em meu quarto. Meus livros, pela primeira vez ordenados em filas. Foi uma conquista. (Hoje, observando a absoluta bagunça dos milhares de volumes que possuo, creio que esse sonho, em especial, deveria ter sido mais acalentado. Organizar os livros!) Lembro de mim mesmo, sentado no chão, com as pequenas pilhas de livros. Organizava por autores. Botava nas prateleiras. Alguns, como os de Lobato, em brochura, eu encapava em papel pardo, para protegê-los. Já adulto, poucos anos atrás, encontrei a coleção original, encadernada em verde, em um sebo. Igual à de minha amiga Heloísa! Comprei. Senti meu coração saltar. Foi um contato intenso com minha memória emocional. Toquei naqueles volumes com a emoção do menino que eu fui.

Se falo demais de mim próprio, é por acreditar que sou a prova viva: livros transformam a vida de uma pessoa. Hoje sou um escritor premiado na literatura, no teatro e na televisão. Bastante conhecido, embora não goste de usar a palavra famoso. Mas dou autógrafos na rua, em aeroportos, o que é raro para um autor nacional. Outro dia, embarquei no avião. Enquanto não decolava, várias pessoas vieram fazer *selfies*! Mas o meu maior prazer, que acontece com muita frequência, é encontrar alguém que foi meu leitor. Dia desses, em um *shopping* de São Paulo, uma jovem de menos de trinta anos aproximou-se.

— Eu li todos os seus livros, assisto a suas novelas. Não sabe como é importante para mim!

O tamanho do sentimento, ao ouvir essas palavras, não sei descrever.

Quem seria eu se aquele primeiro livro de Lobato não tivesse chegado às minhas mãos? Sempre me pergunto: eu seria eu, como me conheço agora?

O desejo de ler começa pela exposição aos títulos, por ver, tocar, folhear, cheirar. Um deles despertará a curiosidade, sem dúvida.

Um será escolhido. Quem sabe marcará o primeiro passo de uma grande transformação, como a minha.

Hoje em dia, há novos suportes tecnológicos para os textos. Particularmente, ainda prefiro os livros impressos. Quando entro em uma livraria, sinto que estou em meu lar. Também passo horas em sebos, percorrendo as estantes. Muitas vezes redescubro autores da minha infância, pouco publicados atualmente. Todos, eu reli. Alguns reli muitas vezes, como Machado de Assis. E voltando ao tema, pois é um grande enigma na minha vida e na Literatura Brasileira. Já busquei todos os indícios possíveis para descobrir se Capitu, afinal, traiu ou não. Como um autor pode ser tão genial? Há indicações precisas nas duas direções. O livro não tem uma mensagem explícita, do tipo moralizante. Mas deixa uma grande questão: como vemos o outro, afinal? Nossas percepções são reais ou fruto da imaginação? Bentinho sabia da traição de Capitu ou cometeu o maior erro de sua vida? Livros como esse tornam-se objetos amados que, muitas vezes, gosto apenas de contemplar. Ver a capa. Pegar na mão. Admirar uma nova edição, tão linda! Gosto de escrever em meu escritório, cercado por estantes e – eu não disse? – livros empilhados no chão.

Já tenho mais de 60 anos. Desde aquele primeiro volume de Lobato, os livros tornaram-se parte integrante da minha vida. Estão na minha memória afetiva. O que pode ser mais importante? É nela que buscamos nossas referências durante o percurso da vida. Insisto. Para se formar um leitor, é preciso que o livro se torne presente na sua memória afetiva. Como aconteceu comigo. Todas as outras coisas acontecerão em um processo de formação e evolução, sem sobressaltos. A não ser as causadas pelas intensas experiências emocionais e pelos questionamentos que nos proporciona a literatura. Forma-se uma conexão. Provo. Ainda hoje, cada vez que abro um livro novo e sinto aquele cheirinho de papel, vem um sentimento cálido, com ecos da minha infância e adolescência. Não é apenas um livro. Mas uma parte boa da minha vida, ali presente.

O livro para mim não é apenas um objeto. É um ser vivo. Um amigo pronto para me conduzir por meio de suas páginas para uma nova experiência existencial, que terei prazer em compartilhar.

Volto às primeiras linhas deste texto. Eu me sinto abençoado, porque o amor pelos livros transformou minha vida. É um sentimento místico? Deixo para cada um formar sua opinião. Eu gosto de presentear com livros. Gosto de falar sobre meus textos a alunos, a escolas, com quem me leu. Participo de bienais, dou palestras. Sempre, como uma chama acesa, está presente meu amor pelos livros. Eu sei, por experiência íntima, absoluta e pessoal que, ao estimular a leitura, posso estar transformando uma vida.

Nota do editor: Texto totalmente revisto pelo autor. Em 1ª versão, publicado no livro digital *Retratos da Leitura no Brasil* – 4. Instituto Pró-livro. Rio de Janeiro: Sextante. p. 46-56.

SOBRE WALCYR CARRASCO

Dramaturgo e roteirista de televisão, Walcyr Carrasco nasceu em Bernardino de Campos (SP), em 1951, e foi criado em Marília. Decidiu ser escritor quando tinha 12 anos e se apaixonou pela obra de Monteiro Lobato. Depois de cursar jornalismo na USP, trabalhou em redações de jornal, escrevendo textos para coluna social e até reportagem esportiva. É autor das peças de teatro *O terceiro beijo*, *Uma cama entre nós*, *Batom* e *Êxtase*.

Escreveu minisséries e novelas de sucesso, como *Xica da Silva*, *O Cravo e a Rosa*, *Chocolate com pimenta*, *Alma gêmea*, *Sete pecados*, *Caras & bocas*, *Morde & assopra*, *Amor à vida*, *O Cravo e a Rosa*, *Chocolate com Pimenta*, *Êta Mundo Bom!* e também a adaptação para televisão de *Gabriela, cravo e canela*, romance de Jorge Amado.

Muitos de seus livros infantojuvenis já receberam a menção de "Altamente recomendável" da Fundação Nacional do Livro Infantil e Juvenil. Entre as obras saídas de sua pena estão: *Irmão negro*, *O garoto da novela*, *A corrente da vida*, *O menino narigudo*, *Estrelas tortas*, *O anjo linguarudo* e *A palavra não dita*. Fez também diversas traduções e adaptações de clássicos da literatura, como *A volta ao mundo em 80 dias*, de Júlio Verne, e *Os miseráveis*, de Victor Hugo. A discussão de temas sociais importantes é uma das grandes características de suas obras.

Walcyr Carrasco recebeu os principais prêmios de suas áreas de atuação: o prêmio Shell de teatro pela peça *Êxtase*, o prêmio Emmy de televisão nos Estados Unidos por *Verdades Secretas* e também o prêmio Jabuti, o mais importante prêmio literário do Brasil, pela tradução e adaptação de *Romeu e Julieta*, de William Shakespeare. É membro da Academia Paulista de Letras desde 2008, onde recebeu o título de Imortal.

Além dos livros, é apaixonado por bichos, por culinária e por artes plásticas.

© EVA FURNARI, PEDRO BANDEIRA, RUTH ROCHA, WALCYR CARRASCO, 2018

COORDENAÇÃO EDITORIAL Maristela Petrili de Almeida Leite
EDIÇÃO DE TEXTO Marília Mendes
COORDENAÇÃO DE EDIÇÃO DE ARTE Camila Fiorenza
PROJETO GRÁFICO E DIAGRAMAÇÃO Isabela Jordani
FOTO DE CAPA Jorg Grevel/ Getty Images
COORDENAÇÃO DE REVISÃO Elaine Cristina del Nero
REVISÃO Dirce Y. Yamamoto, Marina Coelho, Nair H. Kayo
COORDENAÇÃO DE BUREAU Rubens M. Rodrigues
PRÉ-IMPRESSÃO Vitória Sousa e Everton L. Oliveira
COORDENAÇÃO DE PRODUÇÃO INDUSTRIAL Wendell Jim. C. Monteiro
IMPRESSÃO E ACABAMENTO Bartira
LOTE 270050/270051

Todas as ilustrações do capítulo sobre Eva Furnari são do Arquivo da autora.
Fotos das páginas 4, 21, 47, 69, 83: Will Sandrini

Dados Internacionais de Catalogação na Publicação (CIP)
(Câmara Brasileira do Livro, SP, Brasil)

4 Vidas entre linhas e traços / [apresentação Marisa Lajolo]. -- 1. ed. -- São Paulo : Moderna, 2018.

ISBN 978-85-16-11342-1

1. Bandeira, Pedro 2. Carrasco, Walcyr 3. Escritores brasileiros - Biografia 4. Furnari, Eva 5. Literatura infantojuvenil 6. Rocha, Ruth I. Lajolo, Marisa.

18-17284 CDD-028.5
-928.699

Índices para catálogo sistemático:
1. Literatura infantojuvenil 028.5
2. Escritores brasileiros : Biografia 928.69

Editora Moderna Ltda.
Rua Padre Adelino, 758 – Belenzinho
São Paulo – SP – CEP: 03303-904
Central de atendimento: (11)2790-1300
www.salamandra.com.br
Impresso no Brasil
2018

EVA
FURNAR
PEDRO
BANDEIRA
RUTH
ROCHA
WALCYR
CARRASCO